Nourrices

Séverine Cressan

Nourrices

Roman

Dalva

ISBN : 978-2-487-60046-1

Conception graphique : Rémy Tricot
Illustration : Martin Hargreaves
Photo de l'autrice : © Alienor Bereder

Éditions Dalva – 92, avenue de France 75013 Paris
info@editionsdalva.fr

À ma-toute-douce,
À mon-tant-attendu.

L'enfant de lune

C'est nuit de lune pleine.

Roux, colossal, aussi rond qu'un ventre sur le point d'enfanter, l'astre flotte bas dans le ciel couleur d'ardoise. Une brume épaisse recouvre la plaine comme un châle, se masse dans les replis du relief, s'effiloche à l'orée de la forêt. Dans le creux de la vallée se niche le village endormi, masqué par le voile blanchâtre, nébuleux. Seule la ramure imposante d'un chêne centenaire émerge du brouillard, île de verdure entourée par la ronde des toits qui se serrent.

À l'abri des hommes, dans la profondeur des bois, les mille voix de la nuit chuchotent, murmurent, conversent à voix basse. Les stridulations des grillons répondent aux battements d'ailes, les craquements aux hululements. Au cœur de ce monde palpitant, frémissant, l'oiseau vole, plane jusqu'à la chaumière solitaire, toque à la fenêtre. De petits coups brefs, répétés, insistants. Un cliquettement incessant qui réveille, appelle Sylvaine. Elle ouvre les yeux, distingue, dans la clarté inhabituelle de la pièce, la table entourée des quatre chaises, le montant du berceau, le manteau de la cheminée. L'oreille tendue, elle perçoit, entre les ronflements bruyants de son homme, la respiration régulière des nourrissons, leurs bruits de bouche familiers semblables à des couinements de souriceaux. Elle porte la main à sa poitrine douloureusement gonflée, pense à Gladie qui s'est endormie au sein sans avoir eu la vigueur de téter. Le manque d'appétit et de vitalité de la nouvelle née l'inquiète. Doit-elle se lever, la réveiller, lui proposer le sein ? Ou la laisser dormir tout son saoul pour qu'elle reprenne des forces ? Le long voyage qu'elles ont effectué depuis la Ville jusqu'ici l'a épuisée sans doute. La nourrice décide d'attendre que la petite l'appelle. Mais c'est le cliquetis, tic-tac entêtant du bec pointu sur la vitre, qui la hèle, la convoque. Sylvaine ne peut résister, obéit à cette force inconnue qui l'attire, l'aimante au-dehors, met ses muscles en mouvement. Elle quitte le lit tiède, s'avance à pas feutrés vers la porte, sort de la chaumière.

La terre humide sous ses pieds nus la fait frissonner. Tel un renard à l'affût d'une proie, elle se tient immobile, renifle l'air frais saturé d'odeurs – humus foisonnant de vie, feuilles printanières, jeunes pousses tendres. Elle guette, écoute les bruissements de la nuit, les feuilles qui chuintent sous la brise, les branchages qui craquent au passage des hérissons, sous la course des rongeurs et des belettes. Les pupilles dilatées, elle reconnaît les contours de la cour, la forme du poulailler, croise le regard lumineux d'un chat tapi sur le muret. Tandis qu'elle observe, aux aguets, les sens en alerte, la brume monte de la plaine, s'embusque dans la forêt, rampe jusqu'à ses pieds, enveloppant ses mollets dénudés dans un nuage cotonneux.

Doucement, Sylvaine se met à hululer telle une chouette saluant l'arrivée de la nuit. Elle écoute ces sons sortis de sa gorge malgré elle, découvre avec étonnement leur tessiture si différente de celle de sa voix habituelle. Elle a chaud soudain, malgré le froid nocturne, déboutonne rapidement sa chemise, libère ses lourds seins gorgés de lait. Sous la pression exercée par une main invisible, le breuvage blanc perle lentement dans un goutte-à-goutte régulier. Le lait coule sur son ventre rebondi, reliquat de sa grossesse.

Au loin, le tambourinement persiste, s'intensifie. L'oiseau frappe l'écorce d'un arbre, apostrophe la nourrice, l'exhorte à le suivre. Les hululements timides émis par Sylvaine se muent en croassements éclatants. La voix de son esprit se tait.

Bête redevenue sauvage qui répond à l'Appel, elle traverse la cour, s'élance dans la forêt, insensible aux piqûres des brindilles et morsures des cailloux sous ses pieds nus. Elle court, vole presque, et sa chemise blanche est une ombre claire, mouvante, dansante. On la croirait animal gracile, hermine ou biche, tant elle se glisse avec aisance et légèreté entre les arbres, se faufile sans bruit dans la nuit. Sa course éperdue se déploie hors du temps, dans un espace irradié de rayons lunaires.

Hors d'haleine, elle s'arrête près d'un bouleau, se met à quatre pattes, feule à la manière d'une louve blessée. Elle hume le sol, cherche, flaire, contourne l'arbre. Une clairière circulaire, baignée de rais de lumière, s'étend devant elle. En son centre gît une tache claire. Elle s'en approche à pas de félin. Un minuscule nourrisson de quelques heures est posé au sol, serré dans un morceau de vieille toile fine. Sa tête repose sur un mince carnet à la couverture mordorée. Sylvaine s'accroupit, se penche vers le nouveau-né. Celui-ci la fixe de ses yeux couleur de nuit, intensément, sans ciller.

Ce regard est tendu par une attention infinie, si tranchante et déterminée qu'il est impossible de s'y soustraire.

Des yeux céruléens
Juste présents
Immensément
Regard d'airain, résolu, volontaire,
Arc tendu vers l'à venir,
Fil d'acier qui dit la fragilité et la force, la vulnérabilité et la puissance, l'éphémère et l'immuable
Deux âmes se rencontrent
Le temps s'étire, disparaît dans un souffle
Les êtres sont transportés dans un espace d'authenticité et de nudité
Lieu de la rencontre immémoriale et fondatrice.

Sylvaine démaillote l'enfant, le pose, entièrement nu, sur son ventre mou encore humide de lait, s'allonge sur le sol moussu. Petit animal entêté, le nourrisson rampe vers la poitrine offerte, cherche le téton de ses lèvres ouvertes. Il le saisit à pleine bouche, aspire avec tant de force que c'en est douloureux. Le lait jaillit facilement. Pendant que le nouveau-né tète, la nourrice l'enveloppe de sa chaleur, le nourrit de ses caresses, le contient de ses mains câlines. Elle suit la lente progression de l'astre rougeoyant dans le ciel, l'observe décroître au fil de son ascension en songeant à l'étrange ballet qu'elle a dansé pour venir à la rencontre de l'enfant. Elle emmaillote le nourrisson repu, se lève, le serre contre son cœur, s'avance jusqu'à la lisière de la clairière. Le nouveau-né geint doucement. Sylvaine s'arrête, se retourne, remarque le livre oublié. Elle revient sur ses pas pour le prendre, puis rentre à la chaumière, forte du pacte passé avec la nuit profonde. La lune luisante, parvenue au faîte de sa course, semble la regarder et lui sourire du haut de sa loge souveraine.

Elle m'a demandé de t'écrire. C'est le prix à payer, elle a dit. Sur le coup, je me suis dit que je m'en sortais bien. De l'argent, j'aurais pas pu lui en donner.

Je l'ai prévenue tout de suite : J'ai pas de quoi. Tu sais écrire ? elle m'a demandé. Bien sûr, j'ai répondu avec fierté. Elle est allée chercher ce cahier et me l'a tendu. Reviens quand tu l'auras rempli. C'est le prix à payer. Et j'écris quoi dedans ? Écris à l'enfant.

Je suis restée tout ébahie. Je comprenais pas ce que ça pouvait lui rapporter d'avoir un carnet tout rempli de mes mots. Mais c'était pas cher payé pour retrouver ma liberté. J'ai glissé le cahier dans mon corsage et je suis repartie en me félicitant de m'en tirer à si bon compte. J'étais même assez excitée parce que c'était la première fois que j'avais un cahier comme ça. Les autres, ceux que Maé m'avait cédés, ils étaient déjà vieux, tout remplis de son écriture à lui. Je devais écrire dans les marges ou dans les blancs qu'il avait laissés. En plus, celui-là est bien plus beau que les autres. La couverture est en cuir, épaisse, avec des reflets dorés. J'avais l'impression de posséder un trésor qui allait rester bien caché de tous.

J'avais hâte de m'y mettre. Le soir même, je me suis installée pour écrire. Mais j'ai été incapable de tracer une seule lettre. Le papier tout blanc m'impressionnait, comme un trou de neige géant où je risquais de tomber et de me noyer. J'ai rangé le cahier et je suis allée me coucher, en me disant : ça ira mieux demain. Mais le lendemain, tout pareil. Je m'installe à la table, j'ouvre le carnet à la première page et je reste comme une niaise avec le crayon à la main sans savoir quoi écrire.

Je me rends compte que la vieille chouette m'a joué un vilain tour. Ça a l'air de rien et c'est diablement difficile. Qu'est-ce que je vais bien pouvoir raconter ? Et à toi en plus, qu'es même pas une personne ?

J'ai encore rangé le carnet sans avoir rien inscrit dedans et je suis allée au lit. Les jours suivants, j'ai préféré pas le sortir. Je me disais que ça valait pas le coup, si je savais pas ce que j'allais y mettre.

J'y pensais quand même souvent. Si j'arrive pas à le remplir, le marché conclu avec la vieille se fera pas. Je me rongeais les sangs mais j'osais plus ouvrir le cahier par peur de rester devant comme une poule stupide.

Ce matin, j'ai décidé de le rapporter à la vieille.

J'y arrive pas, je lui ai dit. Y a rien qui vient. Elle a cligné des yeux plusieurs fois, comme si elle essayait de me voir de son regard aveugle. Assieds-toi là, elle a dit en tapotant le dossier d'une chaise. Elle a préparé une infusion. On a bu en silence. Je me suis calmée peu à peu. J'avais même pas remarqué que j'étais aussi nerveuse.

Elle a posé le cahier ouvert à la première page devant moi, m'a tendu un crayon et a dit : Raconte. Raconte comment c'est difficile d'écrire pour toi.

C'est ce que je viens de faire.

Sylvaine feuillette le livre qui est trésor indéchiffrable, contemple les tracés sinueux, les courbes et les déliés qui dessinent des arabesques mystérieuses. Elle n'a jamais appris à lire, ne peut donner voix à ces inscriptions qui semblent avoir été creusées par des insectes laborieux dans le papier rugueux. Elle sait que la solution de l'énigme qui l'a conduite à l'enfant de lune est incrustée dans ces sillons énigmatiques. Elle a songé demander à quelqu'un de lui faire entendre le message caché dans ces pages, a repoussé cette idée, sentant que ce serait violer un mystère sacré, profaner une tombe destinée à rester silencieuse. Elle accepte l'obscur et l'abscons, fait taire sa curiosité, jouit de ce secret qui, même s'il lui échappe complètement, n'appartient qu'à elle seule. Elle referme le livre, en caresse la couverture de cuir souple et grenu. Au son des pas de son homme qui rentre, elle le glisse hâtivement dans le berceau des bébés qui dorment, son petit Jehan, Gladie et l'enfant de la nuit.

Andoche ôte sa veste, s'assoit, trifouille sa barbe broussailleuse. Ses yeux d'un bleu presque transparent cherchent un appui dans la pièce, ne savent où se poser. Il commence à parler d'une voix sourde.

«J'ai réfléchi, vois-tu. Y a notre Jehan, qui n'est plus si petit, pour sûr, puisqu'il est sevré mais faut bien s'en occuper quand même. Avec la petite de la Ville et celle que tu as ramenée, ça nous fait trois bambins. Je sais que tu t'es attachée à elle et puis j'admire ton bon cœur de prendre comme ça une petite tombée d'on ne sait où et de la traiter comme si c'était ta propre fille, mais il faut regarder les choses en face. Tu vas t'épuiser avec toute cette marmaille et tu risques de plus avoir du bon lait. »

Andoche marque une pause. Il hésite à poursuivre, voudrait que sa femme lui vienne en aide en lui disant, tu as raison, il faut qu'on trouve une solution. Il se racle la gorge comme si ce qui restait à énoncer, le plus dur, était un quignon de pain qui obstruait sa trachée.

« Quand tu as ramené la petite cette nuit-là, j'ai rien dit, même que c'est pas l'envie qui m'en manquait, et je t'ai fait confiance. J'ai bien vu qu'y avait un truc spécial entre elle et toi, comme une corde invisible qui vous tiendrait attachées ensemble.

J'aurais dû la couper tout de suite cette fichue ficelle et emmener le bébé au Tour. Sûr que l'hospice aurait trouvé une nourrice... Ça fait maintenant une semaine que tu la nourris, et pour rien ! On peut pas se le permettre. La Gladie, elle, elle nous rapporte de quoi vivre. Et on en a besoin : avec les beaux jours qui approchent, je vais pas vendre beaucoup, juste le bois de cuisine. Alors voilà ce que je pense : la petite, on peut pas la garder. Elle nous met en danger. »

Ces mots, que Sylvaine redoutait d'entendre depuis la nuit où elle est revenue avec l'enfant, brûlent ses paupières, incendient ses cils, sont une flamme que le flot de ses larmes cherche à éteindre. Le bûcheron s'approche de sa femme, lui serre l'épaule maladroitement, en signe de soutien et de réconfort.

« Tu as un grand cœur, je sais, et c'est pour ça que tu me plais. Ton travail, tu le fais avec droiture et conscience, pas comme la Michaude ou d'autres. Pour sûr, elle s'encombre pas du nombre de marmots celle-là – trois, quatre, voire cinq ! – et tant pis si y en a qui meurent. Tout ce qui l'intéresse, c'est de toucher les pensions. Mais t'es pas comme elle. Et je voudrais pas, si la petite de la Ville passe pas l'hiver, qu'on pense que c'est ta faute, que tu as choisi d'en nourrir une autre, alors que t'étais déjà engagée. Tu sais toi-même que c'est pas raisonnable. Dis-moi quand tu seras prête. »

Sylvaine comprend ce que son homme n'ose pas formuler. Il lui laisse le temps de prendre congé de l'enfant de lune puis il l'emmènera au Tour d'abandon. Elle sait que là-bas, on entasse les orphelins sur de la paille souillée de leurs excréments et on essaie de les nourrir de lait d'animaux ou de bouillies, en attendant de trouver une nourrice. Rares sont ceux qui en réchappent.

La jeune femme ne réagit pas quand Andoche sort prestement. Le silence se fait dans sa tête, dans son corps. Un silence opaque et dru, une nuit noire sans fond. Elle s'approche du berceau, remarque que l'enfant de lune est éveillée. La nouvelle-née a les yeux ouverts, fixés sur un point invisible. Des yeux couleur de nuages chargés de pluie et d'orage. Sylvaine est happée par ce regard, y plonge instantanément. Elle se laisse absorber par cette mer de grisaille, emporter par le roulis des vagues, s'abandonne avec confiance aux remous et tourbillons aqueux. Elle part en voyage vers une terre immémoriale, navire qui vogue sur un océan infini à la teinte d'acier.

Les plaintes de Gladie la sortent brutalement de ce rêve éveillé. Les nourrissons ont faim. La nourrice déboutonne son corsage, en sort ses deux seins lourds. Elle s'assied à côté du berceau, place l'enfant de lune à sa droite et s'étonne encore une fois de la vigueur avec laquelle cette nouvelle-née tète.

Dès que le lait jaillit, elle installe la petite de la Ville à sa gauche, et celle-ci n'a plus qu'à déglutir pour avaler le lait qui coule facilement, grâce à l'effort de succion de sa sœur de lait. Sylvaine se félicite d'avoir trouvé ce stratagème qui permet à Gladie de boire sans effort. Contrairement à ce que son homme croit, l'enfant de la nuit ne met pas en péril la petite de la Ville. Les deux bébés qui lui ont été confiés, l'un par la loi des hommes et l'autre par la lune rousse, sont maintenant repus. Leurs paupières se ferment doucement, tandis que leurs doigts fins se délient et s'étirent comme pour attraper un objet imaginaire.

Sylvaine nourrit ensuite Jehan. Elle coupe une tranche de pain, remplit une écuelle de lait de chèvre, assoit son bébé sur ses genoux. Elle mâche des morceaux de pain, les trempe dans le lait puis les donne à son fils. Cette technique qu'elle a apprise de la vieille Margot permet à l'enfant de digérer convenablement. La jeune mère ne s'embarrasse pas de cuillère. Elle porte la bouillie de sa bouche à celle de son petit de ses doigts alertes, léchant le liquide laiteux qui coule le long de ses phalanges, essuyant de son index les gouttes qui dégoulinent sur le menton de son bébé pour les sucer. Elle apprécie cette manière animale de nourrir son garçon, cet échange de fluides, lait et salive mêlés, qui s'est substitué au ruissellement de sa poitrine. De don, le nourrissage devient partage.

Le repas achevé, Jehan babille, émet des gloussements, idiomes signifiants dans sa langue secrète. Sylvaine n'a pas le cœur à participer à l'élaboration de ce langage neuf, à s'aventurer dans ce territoire inconnu. La décision d'Andoche picasse comme un pivert contre la paroi de sa boîte crânienne. Elle sait qu'elle ne peut s'opposer à la volonté de son mari mais refuse de perdre l'enfant de lune. Elle sort à nouveau le livre, le feuillette en espérant y trouver une clé qui ouvrirait la porte d'une voie nouvelle où l'enfant de la nuit pourrait cheminer en sa compagnie.

Je me suis arrêtée parce que je savais plus quoi écrire. La vieille s'en est rendue compte tout de suite. Elle a laissé la tambouille qu'elle était en train de préparer et s'est plantée devant moi. T'as fini ? elle a demandé. J'ai essayé de feinter en disant que c'était à cause de ma main qui me faisait mal. C'est vrai que ça tire. J'ai pas l'habitude d'écrire autant, moi. Même si j'aime bien former les lettres. J'aime le dessin qu'elles ont, chacune le sien. Ce que je préfère, c'est les majuscules avec leurs courbes qui font penser aux vols des oiseaux. J'écris souvent mon nom qu'avec des majuscules, juste pour le plaisir. ZAIG. Dommage qu'on ait pas le droit de mettre les deux points sur les grandes lettres. Je trouve que ça ferait plus joli.

La vieille me regardait et j'ai senti qu'elle me lâcherait pas. Que je resterais là aussi longtemps qu'il faudrait. Peut-être même jusqu'à ce que le cahier soit rempli. Au moins, j'aurai payé ma part et nous serons quittes. Ses yeux laiteux qui me fixaient, ça me mettait mal à l'aise, comme si elle était capable de voir ce que j'avais dans la tête. J'ai fini par lâcher : je sais plus quoi dire. Raconte d'où tu viens, elle a dit.

Je vis dans la grande ferme depuis la mort de mémé. De son vivant, on habitait toutes les deux à l'entrée du hameau, dans une ancienne étable qui était devenue notre maison. Mémé avait pas de champ, juste un petit carré de terre où on plantait des patates, des carottes et des navets. Dès que j'en ai été capable, elle m'a envoyée travailler. D'abord chez des voisins, puis à la grande ferme. Je faisais tout ce qu'on me demandait et je revenais avec des œufs, du lait, du beurre ou de la farine.

Mémé aimait pas parler de ma mère qui était pourtant sa fille. Et moi, j'osais pas poser de questions, j'avais trop peur qu'elle se mette en colère. Elle était pas tendre même si au fond, je sais qu'elle m'aimait bien. C'est pour ton bien, elle disait quand elle me rossait. Moi, je trouvais ça bizarre qu'elle pense que les coups pouvaient me faire du bien. Mais vu que les adultes ont toujours raison, je bronchais pas et je gardais mes commentaires pour moi.

Quand les claques me cuisaient trop, je pensais à ma mère. Je l'imaginais grande et belle, encore plus que la Joséphine. Douce et gentille aussi. Je l'ai jamais connue, alors je pouvais lui donner la figure et le caractère que je voulais. Dans mes espoirs, elle revenait me chercher après avoir épousé un riche fermier qui avait des bonnes à tout faire. Et on laissait mémé toute seule pour la punir.

Quand mémé est morte, j'ai été prise à la ferme pour de bon. J'étais trop petite pour rester seule. Je m'échappais parfois pour aller voir la Joséphine. Je jouais un peu avec ses enfants mais je venais surtout pour être pas loin d'elle. Elle était toujours occupée à un travail. J'attendais le moment où elle allait tourner les yeux vers nous. J'agrippais son regard et elle me souriait. J'en étais toute retournée. Comme si j'existais vraiment pour quelqu'un.

Cette nuit-là, Sylvaine se bat contre des démons terrifiants venus lui voler l'enfant. Les crocs des monstres à la gueule de loup et au corps d'aigle lacèrent sa peau diaphane, la déchirent, arrachant des lambeaux de chair sanguinolents. Ils veulent s'emparer du bébé de leurs griffes acérées et pour le protéger, la jeune femme tente, affolée, de le faire entrer dans sa matrice. La tête est trop grosse et le nourrisson étouffe contre la vulve resserrée. Sylvaine, malgré les assauts répétés des chimères volantes, s'acharne et redouble d'efforts, exerçant une pression inouïe pour faire passer le crâne de la nouvelle-née dans l'orifice trop étroit. La lune rousse assiste à cet effroyable accouchement inversé.

La nourrice se réveille, à l'aube, les membres endoloris. Des égratignures couvrent ses bras et ses jambes, comme si elle avait été roulée dans un épais buisson de ronces. La place à côté d'elle dans le lit est vide et froide. Non, pense-t-elle, Andoche a pris mon enfant de lune ! D'un bond elle se lève, se précipite vers le berceau sans un regard pour son homme, immobile devant l'âtre. Deux bébés sont couchés comme des chenilles dans leur cocon mais il en manque un. Sylvaine reconnaît Jehan, petit prince aux yeux clos, à la respiration paisible et régulière. L'enfant de la nuit dort aussi, les lèvres légèrement entrouvertes. Son homme se serait-il trompé de bébé ? A-t-il choisi de sacrifier Gladie au profit de l'enfant de lune ? Des pensées confuses se bousculent et s'entrechoquent comme des cloches capricieuses dans l'esprit de Sylvaine. Elle fouille la pièce du regard, découvre ce qu'elle n'avait pas vu d'abord. Sur la table repose une forme oblongue et blanche. La jeune femme s'en approche lentement.

Gladie est livide, d'une blancheur de cire crayeuse. Ses yeux, ouverts sur un infini lointain, ne regardent pas. Sa bouche est figée dans une moue résignée. D'un geste maternel, Sylvaine caresse la joue de la nouvellement-née déjà en allée et réprime un sursaut au contact de la peau froide. La voix d'Andoche résonne étrangement à proximité de la petite morte.

« Je l'ai trouvée comme ça, toute pâle et déjà presque raidie. Je voulais prendre l'autre pour l'emmener au Tour, comme je t'ai dit hier. Il faisait pas bien clair, mais j'ai tout de suite vu que quelque chose clochait. J'ai touché et j'ai senti que c'était froid, alors je l'ai sortie du lit pour vérifier. »

Le bûcheron s'arrête un instant avant de poursuivre.

« Tu sais, toi, pourquoi la mort est venue la prendre ? »

Sylvaine se tord les mains dans sa chemise de nuit.

« Pas de chance, quand même… Ton premier nourrissage et quelques jours plus tard, pffft… c'est déjà fini. C'est pas bon signe, ça. Les commères vont jaser.

— J'y suis pour rien, Andoche… Je l'ai nourrie comme il faut, tu sais. Pas de bouillie, rien que le sein. C'est pas ma faute si cette sournoise de Faucheuse est venue l'attraper… On peut pas dire qu'elle aura eu froid, je l'ai bien emmaillotée comme les autres. Elle était pas vaillante, ça se voyait tout de suite, mais j'aurais quand même pas cru qu'elle partirait si vite. La vieille Margot m'a dit que des fois, c'est sans raison. Un bébé, ça peut arrêter de respirer comme ça, d'un coup.

— T'en fais pas. On décide pas ces choses-là, c'est certain. Prépare-la pendant que je vais prévenir au village. »

Andoche s'avance à pas lents vers la porte comme s'il marchait prudemment dans un épais brouillard.

« Attends, mon homme. Il y a peut-être une autre solution. La petite de la nuit est bien vivante, elle. Tu voulais l'emmener au Tour et tu as pas eu le temps. C'est un signe, ça aussi. Elle est venue alors qu'on l'attendait pas. Elle m'a appelée et je l'ai entendue. Je pense pas qu'elle est arrivée chez nous par hasard. Elle m'a choisie comme nourricière, c'est aussi simple que ça. Va pas imaginer que je croie aux esprits, mais c'est bizarre tout de même, tu trouves pas ? On a deux enfants, l'une morte et l'autre vivante. C'est pas la bonne, mais on peut faire tout comme. »

Sylvaine a parlé d'une traite, dans un souffle continu et inextinguible. Elle s'étonne des paroles qu'elle vient de prononcer, sorties toutes seules de sa bouche. Elle les a découvertes au moment où elle les proférait, les exprimant et les écoutant dans un même mouvement, comme si quelque chose de plus grand avait parlé à travers elle. Quelle drôle d'idée d'échanger des enfants. De faire passer l'une pour l'autre. Est-ce un sacrilège ? Ça lui semble juste, pourtant. Amener l'enfant de lune au Tour, c'est la condamner à une mort presque certaine. La garder, c'est assurer sa survie. Dans l'un ou l'autre cas, Gladie ne reviendra pas, elle, du pays des limbes où séjournent les Innocents.

Le bûcheron se laisse séduire par la proposition de sa femme. Grâce à cet échange de nourrissons, le couple continuera à toucher le salaire pour le nourrissage et la réputation de Sylvaine sera sauve. Mais que faire de la dépouille de Gladie ? Sylvaine indiquera à son homme la clairière où elle a trouvé l'enfant de lune. C'est là que le cadavre doit être enterré pour que la substitution soit actée.

La nourrice déshabille l'enfant trop tôt partie. Son corps, affreusement petit, est marbré de taches lie-de-vin dessinant la carte d'un territoire inconnaissable aux vivants. Sylvaine procède à la toilette mortuaire en fredonnant une berceuse ancienne. Elle ne veut pas que l'enfant ait peur dans son voyage solitaire vers les terres insondées de l'autre rive. Elle l'enveloppe ensuite dans le linge de toile fine qu'elle a conservé.

Le couple sort de la chaumière dans le jour naissant. La brise, chargée d'une odeur d'humus et de bois roussi, est vivifiante. Ils marchent d'un bon pas et l'on pourrait croire, en observant ces deux silhouettes pressées s'enfoncer dans les bois, qu'ils vont braconner dans le petit jour. Seule la pelle que porte l'homme trahit leur dessein. Arrivés à la clairière, Andoche creuse une tombe tandis que Sylvaine collecte les menus trésors de la forêt. Elle est empêchée dans ses mouvements par la nouvelle-née inanime qu'elle serre contre sa poitrine mais ne peut se résoudre à s'en découpler. Dans l'alcôve aménagée par son homme, sur la terre grasse et humide, elle confectionne un lit naturel de mousse odorante, de feuilles verdoyantes, de lierre et de lichen où elle dépose la petite morte.

La vieille m'a invitée à partager sa soupe. J'étais bien contente. Me rappeler ces souvenirs, ça m'a rendue triste et j'avais besoin de me réchauffer.

Pendant le repas, on a pas parlé. Ça m'a pas dérangée, au contraire. J'aime pas les bavardages. Si on a rien à dire qui en vaille la peine, vaut mieux se taire. J'ai observé la vieille à la dérobée. Son visage est tout froissé, comme une chemise qui aurait séchée sans être étendue. Deux longues nattes grises lui pendent de chaque côté de la figure. Mais ce qui frappe et dérange, c'est ses yeux, qu'on dirait recouverts de peau de lait. Quand elle cille, elle ressemble à une chouette qui voit bien la nuit mais pas le jour.

À la fin du repas, elle a pas eu besoin de me demander de continuer à écrire. J'ai ouvert le cahier de moi-même. Je sentais que ça me soulageait de me confier au papier, qui peut pas rire ou se moquer. J'ai hésité à lui demander ce qu'elle comptait en faire. Et puis j'ai compris que je préfère pas savoir.

En tout cas, je suis certaine qu'elle pourra pas le lire elle-même avec ses yeux vitreux.

À la ferme, les adultes et les enfants vivaient comme dans deux mondes séparés qui se touchaient presque pas. Ils avaient leur vie et nous la nôtre. Eux, ils faisaient les grosses besognes et nous les petites. Le maître leur donnait ses ordres et eux, ils nous donnaient nos corvées. On pouvait traîner un peu, mais fallait pas que ça se remarque trop ou se faire attraper, sinon, on se faisait botter les fesses ou tirer par l'oreille jusqu'à ce que nos pieds touchent plus le sol. Pendant les repas, y avait deux règles à respecter : ne pas parler et ne pas bouger. J'avais du mal à faire tenir mes jambes en place et je pouvais pas m'empêcher de faire tourner mes pieds sous la table.

Le soir, je pleurais dans le lit où on dormait à trois en me souvenant de mémé qui me demandait toujours de la réchauffer. Elle pestait quand je me collais pas assez près. Sur le coup, ça m'énervait mais par la suite, ça m'a manqué. Sa peau si fine et douce qu'on avait peur de la déchirer aussi.

Je continuais à penser à ma mère. Quand je gardais les vaches, j'imaginais qu'elle était revenue et qu'elle m'attendait sur le pas de la porte dans un beau corsage blanc. À chaque fois, j'étais déçue mais au moins, j'avais passé un bon moment avec mes rêvasseries.

J'enviais Maé, le fils du maître, qui a un an de plus que moi. On l'obligeait pas à travailler autant que moi. Surtout, son père l'envoyait apprendre à lire, écrire et compter, depuis que j'étais là. J'aurais bien voulu être à sa place et à chaque fois qu'il partait, j'attendais son retour avec impatience pour qu'il me montre son cahier. Je lui demandais de tout m'expliquer et je me fâchais quand il avait oublié le nom d'une lettre ou qu'il savait plus comment la lire.

On s'entendait bien et on jouait ensemble dès qu'on avait fini nos corvées. Un jour, je lui ai confié mon secret. Je lui ai dit que j'attendais le retour de ma mère. Il a été surpris. Tu crois vraiment qu'elle va revenir ? il m'a demandé. Ça m'étonnerait drôlement, il a ajouté. Et il m'a dit la vérité. Que c'était une fille-mère.

J'ai compris qu'elle était partie à cause de moi. Parce que j'étais née. C'est moi qui l'avais fait fuir. Une fille-mère, ça trouve jamais à se marier. Même les faibles et les débiles, ils en veulent pas. Et tout le monde la moque derrière son dos.

À partir de ce jour-là, j'ai arrêté de l'attendre.

L'enfant de lune sanglée sur le dos, Sylvaine installe Jehan dans la charrette à bras, à côté du linge sale noué dans un drap. Elle ouvre la barrière de la petite cour, s'engage sur le chemin qui mène au village. Dans les sous-bois, elle aperçoit la silhouette de la vieille Margot, occupée à ramasser des plantes et des herbes sauvages. Elle s'arrête à sa hauteur, l'observe choisir ses ingrédients qu'elle renifle longuement avant de les placer dans son panier, la hèle. La vieillarde tourne la tête dans sa direction, la rejoint, s'approche de l'enfant de lune, la fixe en écarquillant ses yeux blanchâtres.

Sylvaine croit devoir faire les présentations.

« Voici Gladie, que j'ai en nourrissage depuis… »

D'un geste autoritaire, Margot la fait taire, scrute longuement la nouvelle-née, les yeux plissés.

« C'est bien, c'est bien », conclut-elle. Puis elle ajoute à l'adresse de Sylvaine : « Te fais pas de bile à cause de moi. Je suis aussi aveugle qu'un hibou et aussi muette qu'une tombe. »

La vieille femme s'enfonce à nouveau dans la forêt et Sylvaine la regarde s'éloigner, troublée par cette phrase équivoque. Elle a peur, soudain, que la substitution des nourrissons ne soit découverte, renonce à aller laver son linge avec les autres femmes, fait demi-tour, rentre à la chaumière où elle se calfeutre à l'abri des regards.

Elle y reste cloîtrée plusieurs jours, terrassée par l'angoisse d'être démasquée et accusée de meurtre. Son esprit affolé est pris au piège dans la prison du remords. Il bute sans répit contre des murs infranchissables, cherchant une issue inexistante, un quelconque soulagement. La peur, bourreau inflexible, lui ravit le sommeil et l'appétit, enfièvre son corps assailli par les regrets.

La nourrice redoute par-dessus tout le retour du meneur, devant lequel elle devra inévitablement comparaître. Il s'appelle Allouïn mais tous le surnomment La Chicane tant il pinaille pour la moindre broutille. Cet homme rougeaud, aux lèvres épaisses et grasses, qui suinte l'alcool et la bêtise, lui fait horreur depuis le jour où il l'a approchée dans le lavoir. Elle le connaissait de vue mais n'avait jamais eu l'occasion de se sentir jaugée par son regard intrusif, d'être incommodée par son haleine fétide, importunée par l'odeur âcre de sa sueur. Elle peinait à nettoyer son linge tant l'énormité de son ventre, citrouille gigantesque, l'empêchait de se pencher et entravait ses mouvements. Lorsque La Chicane était entré dans le lavoir, toutes les femmes avaient interrompu leur travail. Manches retroussées, perles de sueur roulant sur les visages et dans les cous, mains rougies par le froid et les frottements, elles avaient attendu qu'il prenne la parole. Il s'était adressé à Sylvaine sans préambule, les yeux rivés sur son ventre protubérant.

« Ça va plus tarder apparemment… As-tu déjà pensé à te louer comme nourrice ? Ça rapporte bien, tu sais. »

Cette question n'attendait pas de réponse. Le meneur savait parfaitement que, comme toutes les filles et femmes du village, Sylvaine avait envisagé la possibilité de vivre de son lait, voyant le quotidien des nourrices amélioré grâce à l'élevage des petits de la Ville.

« Je vais t'expliquer comment ça se passe. Au début, tu t'occupes de ton petit comme si de rien n'était. Dès que ta production de lait est bien installée, tu peux en prendre un autre en nourrissage. Là, tu dois choisir. Tu peux te louer comme nourrice sur lieu, ça veut dire que tu t'installes dans une famille à la Ville et que tu nourris l'enfant sur place. Le tien, il faut le laisser ici, bien sûr, et le donner à élever à une voisine contre dédommagement. Ça paie bien, mais ton petit, tu le vois pas souvent et tu deviens pour ainsi dire la mère d'un autre. Je te conseille plutôt de devenir nourrice à emporter. Du coup le nourrissage, tu le fais ici, chez toi, t'as pas besoin de quitter ton homme ni ton petit. L'argent, c'est moi qui te le ramène à chacune de mes tournées. »

Pendant qu'il parlait, Allouïn scrutait avec attention la jeune femme, se croyant capable de repérer une bonne laitière à la couleur de son teint et de sa chevelure, à sa constitution physique et notamment au volume et à la forme de sa poitrine. Sylvaine s'était sentie évaluée comme si elle était une bête destinée à l'abattoir dans laquelle l'œil exercé du boucher reconnaît et découpe par la pensée les meilleurs morceaux. Elle n'avait pas écouté les paroles du meneur, sachant qu'il ne s'agissait dans cette approche invariable de La Chicane que de l'étape initiale d'une procédure bien rodée de recrutement, semblable au premier cercle décrit par un félin autour de sa proie, lui permettant d'estimer le gain ou le plaisir qu'il pourra en tirer.

Apparemment convaincu par son analyse visuelle, celui-ci avait clos l'entretien par cette injonction : « Pense à tout ça et viens me voir quand ton petit sera sevré. »

Plusieurs mois après cette première rencontre, Sylvaine avait rejoint le groupe des nourrices que le meneur conduirait à la Ville. Réunies autour du grand chêne sur la place du village, elles étaient une dizaine à attendre La Chicane dans la fraîcheur de l'aube.

La doyenne d'entre elles, Marie, était surnommée la Bienvenu en raison du grand nombre d'enfants qu'elle avait pris en élevage. Cinq au total. Elle avait été l'une des premières à accompagner le meneur à la Ville et y avait fait trois nourrissages sur lieu. Après la naissance de son quatrième enfant, elle était devenue nourrice à emporter et partait, ce jour-là, chercher son troisième bébé.

Pour tous les villageois, elle était un exemple à suivre. Aucun décès à déplorer, ni parmi ses bambins ni parmi ceux des autres. Grâce à l'argent de son lait, elle avait financé la construction d'une maison en pierres, l'une des plus belles de la vallée. Source d'information précieuse, elle répondait volontiers à celles qui venaient l'interroger avant de partir se louer.

Sur ses conseils, Sylvaine et la Rousse, toutes deux postulantes à l'emploi de nourrices à emporter, emmènent leur bébé. C'est qu'il faut prouver qu'on est une bonne laitière pour se voir confier un nouveau-né étranger, et quoi de plus convaincant que d'exhiber la bonne santé et la vigueur de son propre enfant ? Sylvaine serre le petit Jehan fort contre elle pour se donner du courage. Elle appréhende l'inconnu, elle qui n'a quitté la plaine qu'à de rares occasions. Elle envisage la route comme une langue infinie qui conduit fatalement à la béance d'une bouche immense prête à l'engloutir. La Rousse, grande femme gaillarde à la chevelure de feu et au teint clair, n'est pas plus rassurée. Elle craint de ne pouvoir obtenir son certificat de nourrice. Il paraîtrait que le lait des rousses est de moindre qualité, pire, qu'il provoque des maladies. Elle a tout de même choisi de tenter sa chance. Pour tromper leur angoisse, les deux femmes échangent des nouvelles de leurs bébés, causent à voix basse.

Non loin d'elles, Mahaut pleure à chaudes larmes. La Bienvenu s'approche, tente de la rassurer.

« Tu verras, ça sera vite passé. Dans un an, tu seras de retour au village et ton petiot, il saura déjà marcher. Tu le reconnaîtras à peine tellement qu'il aura changé ! Un beau p'tit gars, engraissé comme un cochon, avec l'argent de ton lait. Faut pas t'en faire… Il sera choyé par la Pelletier et tu lui manqueras presque pas. J'irai le voir, de temps en temps, ça te dirait ? Je lui parlerai de sa Mammig qu'est partie pour son bien. Comme ça, il t'oubliera pas, t'es d'accord ? »

Mahaut continue à renifler.

« Allons, faut que tu sois courageuse. Regarde-moi, trois fois je suis restée à la Ville et mes petits s'en portent pas plus mal. Au contraire ! Ils sont fiers de leur Mammig qui a ramené de bons gros sous. Au bureau des nourrices faudra pas que tu affiches cette tête-là, toute bouffie et pleine de larmes. Sinon, on te choisira pas. Les femmes qui pleurent, ils en veulent pas dans leur maison. Imagine un peu, si tu rentres bredouille… Qu'est-ce qui va dire ton homme ? Et les autres ? Que t'as pas été capable d'être engagée pour des niaiseries. On se moquera, c'est sûr. Allez, arrête de pleurer maintenant, ça va faire tourner ton lait. »

Mahaut essuie ses larmes et demande :

« Comment que je ferai si la maison où je vais tomber me plaît pas ? Y a moyen de changer ?

— Ça, non. Tant que ça paie, t'as pas le choix. Faut rester là où le sort t'a mis. Sur les trois maisons où je suis restée, y en a qu'une qui allait pas. C'était des riches. La mère restait tout le temps à la maison et me cherchait des noises. Jamais contente, celle-là. Jalouse, sans doute, parce que du lait, elle en avait pas. Dans les deux autres maisons, les mères travaillaient toute la journée. Et quand elles revenaient le soir, elles n'en avaient que pour leur bébé. Elles le cajolaient sans relâche et s'occupaient de lui comme si j'étais pas là. J'étais bien tranquille, j'avais juste à m'occuper des plus grands.

Je vais te dire une astuce pour être choisie par les bons. Quand les pères arrivent au bureau, regarde leurs mains avant leur figure. Si elles sont marquées par le travail, lève les yeux et essaye d'accrocher leur regard. Tire bien sur ton corsage pour que ça ait l'air énorme. Ça les rassure, même si ça veut rien dire. Vaut mieux des patrons qui triment tout le jour et qui te laisseront tranquille, que des riches qui te surveilleront comme le lait sur le feu, crois-moi. Prends exemple sur Julienne. C'est comme ça qu'y faut aller. »

La jeune femme désignée par la Bienvenu bavarde joyeusement, rit fort. Mais Mahaut sait bien, comme tous au village, que si Julienne se réjouit de partir, c'est pour fuir son mari qui la bat dès qu'il boit.

Allouïn arrive enfin, conduisant sa charrette rudimentaire : pas de banc pour s'asseoir ni de capote pour se protéger du soleil tapant ou de la pluie battante. Il s'arrête près du petit groupe, lève la main en signe de salut et lance : « On embarque ! »

Lorsque mères et nourrissons ont pris place sur le plateau, Sylvaine saisit à quel point l'espace est exigu. Elle s'efforce de s'installer au mieux, dos calé contre le bord de la charrette, jambes fléchies en tailleur, Jehan posé dans le creux douillet de son entrejambe. Les premiers cahots du chemin caillouteux lui arrachent des grimaces d'inconfort et confirment son pressentiment : le trajet sera une épreuve harassante, pour elle et son bébé. Les conversations du départ ont été remplacées par les protestations véhémentes des deux nourrissons qui s'insurgent d'être ainsi ballottés, au gré des bosses et des nids-de-poule, comme des pommes de terre roulant et tressautant. La Rousse serre les dents, déterminée, tandis que Mahaut laisse libre cours à son chagrin. La Bienvenu essaie de faire bonne figure, malgré le malaise de ses compagnes, leur sourit pour les encourager. Quant à Julienne, elle prend son mal en patience sans se départir de son excitation.

De ce voyage qui durera deux journées entières et une nuit, Sylvaine a gardé des souvenirs épars : les moments de répit pour désaltérer le cheval où les passagères pouvaient enfin se dégourdir les jambes, les côtes ou les passages difficiles lors desquels elles étaient enjointes de suivre la charrette à pied, la nuit à l'auberge dans laquelle une partie de l'étage avait été transformée en une immense chambrée, réservée aux mères et à leurs petits, le sentiment diffus mais constant d'être livrée aux mains de cet homme, Allouïn, dont les allusions salaces et le rire gras la dégoûtaient.

Au terme du périple, l'épuisement causé par le manque de sommeil et les conditions difficiles du transport ont marqué les visages de larges cernes bleuâtres. Allouïn dépose les passagères à la tombée de la nuit au bureau des nourrices, où elles sont accueillies par une femme d'une cinquantaine d'années, la recommandaresse. Celle-ci les conduit aussitôt dans un vaste entrepôt mal aéré. C'est là que les futures nourrices qui attendent de trouver preneur sont hébergées, stockées, pense Sylvaine tant le lieu lui rappelle un hangar à marchandises. Bondé, il est empli d'une foule bruyante et encombré de lits recouverts de paillasses crasseuses. L'agitation et la tension y sont palpables : les cris des bébés font écho aux disputes des mères. Dans ce désordre confus, les nouvelles arrivantes font figure de jeunes premières inexpérimentées et gauches.

Le brouhaha et la promiscuité laissent augurer d'une nuit pénible. Sylvaine songe avec nostalgie à la chaleur de la chaumière, son confort rudimentaire, se prend à regretter d'être venue jusqu'ici, pense aux frais qu'elle a engagés – coût du transport, de l'hébergement et de la nourriture – et qu'elle doit amortir. Dans le coin désigné par la recommandaresse, elle installe sa couche entre celle de Mahaut et de la Rousse, concentre toute son attention sur Jehan pour s'extraire de la réalité environnante et finit par s'endormir.

Le lendemain matin, Sylvaine, Mahaut, la Rousse et quatre autres postulantes sont conduites dans une salle sans fenêtre. Un médecin, chargé de déterminer leur aptitude à nourrir un nouveau-né, les y attend.

Il leur ordonne de s'aligner dos au mur et d'ôter leur corsage. Torse dénudé et bas du corps dissimulé sous des jupes bouffantes, les femmes ressemblent à des clowns grotesques. Elles patientent dans la gêne, la poitrine offerte aux regards et au froid. Sylvaine frémit à la vue de ces chairs étalées. Les seins aux larges aréoles brunes sont irrigués par des veines saillantes qui dessinent une cartographie étrange, un labyrinthe complexe, dédale de rivières et de rigoles charriant le sang bleu et mauve.

Le médecin prend son temps, organise des papiers sur son bureau, ajuste ses lunettes, retrousse ses manches, s'approche de Mahaut placée en bout de rangée. Sylvaine a le sentiment d'avoir atterri par erreur dans un marché aux bestiaux. Elle repense à la fête du printemps où se rassemblent tous les ans les éleveurs de vaches, de chèvres, de moutons et elle croit être devenue l'un de ces animaux dont la bonne santé et la corpulence vont être évaluées.

Dans le silence pesant, embarrassé, une longue plainte d'enfant abandonné traverse la mince cloison et résonne dans le cabinet tel un avertissement. Sylvaine se raidit en reconnaissant la voix de Jehan qu'elle a laissé en garde à la Bienvenu. Son bébé l'appelle, a besoin d'elle, de sa chaleur et de sa douceur réconfortantes. Ces pleurs provoquent une montée de lait immédiate, les seins de Sylvaine se gorgent à une vitesse effrayante, et il lui semble que la pression interne va les faire imploser, que la peau va se craqueler sous l'afflux du lait devenu torrent impossible à arrêter, prêt à jaillir comme une source d'eau chaude trop longtemps contenue. Sylvaine voudrait courir consoler son petit, le faire taire aussi. Mais elle doit attendre son tour, obtenir le fameux certificat qui sera un sésame pour une vie moins misérable. Sa sensibilité, son émotivité sont exacerbées par la fatigue du voyage, sa résolution s'émousse. Elle doute : a-t-elle le droit de prendre ce qui est destiné à son fils pour le donner à un étranger ? Est-ce moral ? Est-ce juste ? Peut-elle vraiment disposer de son lait et le monnayer, comme on vend des courges ou des patates, des fagots de bois ou des bûches ?

Les geignements de son enfant montent en puissance, deviennent des aiguilles stridentes qui s'enfoncent dans son cœur tendre. La douleur l'irradie du sommet du crâne jusqu'au bout des orteils en suivant le chemin des nerfs, se propage en une onde qui lui vrille la tête. Sylvaine se voit courir vers le dortoir, serrer son enfant contre elle, lui donner la tétée en caressant doucement ses cheveux. Pourtant elle sait qu'elle ne peut pas, n'en a pas le droit, l'enfant de sang doit être sevré, c'est la règle, sinon l'aspirante nourricière est recalée. Sylvaine le sait et se maudit : pourquoi ne pas donner à son petit ce qu'il veut ? Son bébé pleure et réclame, elle ne peut pas lui en vouloir de s'impatienter, une demi-année, c'est trop tôt pour sevrer ; les autres, ceux qu'on emporte chez soi, dans sa propre maison, ont le droit de prendre jusqu'à un an, voire deux. Elle voudrait murmurer à son garçon : « Rentrons à la maison mon petit fiston, on trouvera une solution pour arranger notre misère. » Puis retourner au village dire à Andoche : « J'ai pas pu… qu'est-ce que tu veux ? Je préfère mon fils à l'enfant des autres. » Combien de temps va durer cette attente interminable ? Il faut que le médecin se dépêche, sinon elle va craquer, s'enfuir à toutes jambes pour faire taire les cris qui lui lacèrent le cœur.

Son tour arrive enfin. C'est la première fois qu'un autre homme la touche là, dans son intimité précieuse et d'ordinaire protégée. Ce n'est pas le contact doux, aimant et empli de désir de l'amant mais des gestes cliniques – soupeser, palper. Ce ne sont pas non plus les mains minuscules de Jehan qui appuient par réflexe sur le sein pour en faire jaillir le lait, délicieuse caresse de cette peau toute neuve et si douce dont le contact la fait frissonner de plaisir, mais des mains froides, indifférentes, pressées. Pour conclure l'auscultation, le médecin comprime un sein de Sylvaine. Il recueille un peu de lait dans une cuillère qu'il porte à sa bouche. Le liquide continue à s'écouler dans un goutte-à-goutte irrégulier, tombant sur le sol en larmes blanches. Satisfait par le goût du breuvage, le docteur tamponne, d'un geste mécanique, le livret de nourrice de Sylvaine : apte à allaiter. Aux pieds de la jeune mère, personne n'a remarqué la flaque minuscule qui s'est formée, semence perdue au combat contre la misère.

Le médecin s'approche ensuite de la Rousse, dernière de la cohorte. Il détaille la jeune femme, observe avec méfiance les taches de rousseur disséminées sur ses bras. Il semble les compter, tant il les examine avec insistance. Il lui demande de se retourner, de soulever sa chevelure incendiée pour inspecter son dos, à la recherche d'autres taches de son. La Rousse s'exécute, regarde droit devant elle. Ses yeux ne cillent pas, son visage demeure impassible, inexpressif. Elle se laisse palper, retourner, comprimer les seins. Le médecin goûte son lait et le recrache aussitôt, en faisant la moue.

Tout est allé très vite. Un homme en costume a été introduit par la recommandaresse dans l'office où attendaient, anxieuses et impatientes, Sylvaine et une dizaine de nourrices. Après un rapide coup d'œil jeté aux femmes et un bref conciliabule mené avec la matrone, il a fait signe à Sylvaine de le suivre. Celle-ci a juste eu le temps de confier Jehan à sa voisine et d'attraper son châle, l'homme l'attendait déjà dehors.

Sylvaine trottine derrière lui, s'efforçe de ne pas se laisser distancer. L'homme, qui a revêtu un chapeau beige comme un signal qui permettrait à la jeune femme de ne pas le perdre de vue, phare auquel elle attache ses yeux désespérément, marche à vive allure, contournant les obstacles lestement, sans même les remarquer. Au contraire, Sylvaine se fait bousculer par les passants affairés qui jurent et méprisent cette campagnarde à l'air égaré. Elle évite de justesse les voitures à cheval qui filent sans prendre garde aux piétons, trébuche dans les flaques boueuses, enjambe maladroitement les tas de crottins encore fumants. C'est la première fois qu'elle arpente les rues de la Ville, est confrontée à sa démesure, sa clameur, ses odeurs. Tout oppresse la jeune femme, agresse ses sens. Elle a l'impression d'être entrée dans la gueule d'un animal monstrueux, se sent perdue, minuscule au milieu de cette foule bruyante, de cette multitude mue par des motifs qui lui échappent. Tournis, vertige de tant d'impressions sensorielles inédites. Est-ce cela que ressent un nouveau-né lorsqu'il sort du cocon protégé et doux de la matrice ? Une lumière qui aveugle, des sons qui assourdissent, des odeurs qui donnent la nausée, des contacts rugueux qui malmènent.

Une vieille mendiante vêtue de loques s'agrippe à la jupe de Sylvaine de ses doigts noueux et marmonne des propos menaçants. La jeune mère perd du temps à se dégager et ce qu'elle redoutait se produit : elle a perdu de vue l'homme qu'elle doit suivre. Elle cherche des yeux le chapeau beige, virevolte, tournoie comme une toupie humaine, une marionnette que feraient danser des mains d'enfants géants.

Soudain, l'homme revenu sur ses pas se saisit vigoureusement de son bras et l'entraîne plus loin, sous une porte cochère. Il en pousse l'un des battants et fait entrer Sylvaine dans une petite cour, ceinte par trois maisons à étages. La rumeur de la Ville s'amenuise.

L'homme sort un trousseau de sa poche, introduit une clé dans la serrure de la maison qui leur fait face, ouvre la porte, laisse passer la nourrice puis referme à double tour.

« C'est plus prudent de verrouiller derrière soi », affirme-t-il, confirmant la sensation de menace que la jeune femme a éprouvée tout au long du trajet. Celle-ci est encore étourdie par cette traversée de la Ville semblable à une odyssée périlleuse. La lumière filtre à travers les rideaux tirés, plongeant le vestibule dans la pénombre. L'homme conduit Sylvaine au premier étage, dans une chambre à coucher.

Une jeune femme y dort dans un lit. Sa longue chevelure dénouée, d'un noir profond, forme une large corolle autour de son visage, comme un hellébore sur le point de s'effeuiller. À voir son teint gris, ses amples cernes mauves qui lui mangent la moitié du visage, ses traits tirés qui lui creusent de profondes rides, on la croirait morte. Sylvaine frémit. Elle se demande ce qu'il adviendra du nouveau-né qui va lui être confié si la jeune accouchée ne survit pas. Elle cherche des yeux le nourrisson, est surprise de ne pas voir de berceau dans la pièce.

« Ma femme aurait aimé vous connaître, vous voir au moins, mais il vaut mieux la laisser se reposer.

Elle a perdu beaucoup de sang lors de la naissance, qui ne date que d'hier. »

L'homme entraîne Sylvaine au second étage, dans une autre chambre à coucher, dotée d'une seule lucarne. Une toute jeune fille est assise sur une chaise de paille, le corsage défait, un nourrisson au sein. Sylvaine ne comprend pas : pourquoi se trouve-t-elle ici alors qu'une nourrice sur lieu a déjà été engagée ? S'agit-il d'une mauvaise plaisanterie, veut-on se moquer d'elle et la tourner en ridicule ? Ses joues se colorent d'un rouge vif. L'homme lui fait remarquer un berceau qui se trouve à côté du lit. Sylvaine s'en approche, se penche pour mieux voir : un nouveau-né y repose. Interloquée, elle regarde tour à tour l'homme et la jeune fille allaitante, les interrogeant des yeux, leur demandant silencieusement d'éclaircir la situation. S'agit-il de jumeaux, ce qui expliquerait l'état déplorable et inquiétant de la jeune mère ? Mais pourquoi vouloir se séparer de l'un d'eux en l'envoyant à la campagne ? L'homme a-t-il bien compris que Sylvaine est une nourrice à emporter, qu'elle retournera chez elle avec le bébé et son Jehan ?

« Vivienne, explique l'homme en montrant la jeune fille, a accouché il y a deux semaines. Nous avons décidé, ma femme et moi-même, de la garder à notre service comme nourrice malgré son écart de conduite. Mon épouse a insisté pour que nous prenions une partie de ses gages pour vous payer, vous, afin que vous éleviez son enfant à la campagne. »

Sylvaine est consternée par la situation. Trois femmes, trois bébés. La triangulation pourrait être d'une simplicité étonnante, deux triangles qui se superposent parfaitement. Mais la loi des hommes opère une translation déroutante, faisant se rejoindre deux sommets pour former une ligne droite. Sylvaine prend conscience qu'elle n'est sans doute pas la plus à plaindre dans ce trio pervers puisqu'elle gardera Jehan près d'elle.

L'homme quitte la pièce et laisse les deux jeunes mères en présence, faces d'une même pièce de monnaie que la maternité et la fonction réunissent mais qui se tournent irrémédiablement le dos. Gênée, honteuse même de ce qu'elle s'apprête à faire, Sylvaine murmure : « Sois tranquille. J'en prendrai bien soin, comme si c'était le mien. »

Vivienne lui lance un regard narquois et répond sèchement :

« Vraiment ? Personne sera là pour te surveiller, pas comme moi ! De toute façon, j'en voulais pas de cette gosse et me v'là bien contente d'en être débarrassée. M'apporte que des problèmes depuis qu'elle s'est nichée dans mon ventre. J'aurais voulu l'envoyer au Tour, ça aurait été bien plus simple, mais j'ai pas pu à cause de madame qui a pas voulu. Elle a des principes charitables, qu'il paraît. Tu parles ! Elle se sent surtout coupable de pas savoir tenir son mari. Mais à ce rythme-là, c'est toute sa fortune qui va y passer, parce que monsieur est polisson, comme on dit poliment par ici. »

Sylvaine ne veut pas en entendre davantage, regrettant déjà d'avoir compris. Elle prend le bébé emmailloté, s'avance vers la porte. Parvenue au seuil, elle hésite un instant, se retourne et demande : « Comment tu l'as appelée ?

— Gladie. Gladie Chagnon, c'est son nom. »

L'homme attend Sylvaine en bas de l'escalier. Il lui fait signe de le suivre, l'emmène dans la cuisine située au bout du corridor, désigne une chaise de la main.

« Installez-vous là. J'attendrai que vous ayez fini. »

Sylvaine tarde à comprendre. Elle écarquille les yeux, interroge muettement l'homme qui la fixe avec autorité, se résout à obéir. D'une main tremblante, elle déboutonne son corsage, sort son sein gauche qui semble énorme, démesuré, par rapport à la tête de la nouvelle-née. Elle approche le téton dressé, surplombant le large mamelon bruni, des lèvres de Gladie. Celle-ci dort profondément. Sylvaine caresse le contour de la bouche du nourrisson qui s'ouvre par réflexe, glisse le téton entre les lèvres entrouvertes. Il en ressort presque aussitôt et la bouche se referme.

« C'est pas le moment, annonce Sylvaine. Elle a davantage besoin de dormir que de téter.

— Nous attendrons, rétorque l'homme. Je ne peux pas me permettre de vous laisser partir sans avoir la preuve de vos capacités.

— Mais j'ai mon certificat ! proteste Sylvaine. La recommandaresse a dû vous le montrer.

— Les papiers, c'est une chose nécessaire bien entendu, mais pas suffisante. Je dois vérifier par moi-même. »

Acculée, Sylvaine caresse Gladie plus énergiquement, délie ses poings resserrés, lui parle fermement. La nouvelle-née se réveille en pleurant et la nourrice en profite pour planter son téton dans la bouche ouverte. Le nourrisson s'en détache avec vigueur. Sylvaine insiste, le plaque sur sa poitrine, lui maintient la tête appuyée en prenant garde à laisser le petit nez dégagé. Elle masse et comprime son sein pour faire jaillir le lait. Le liquide gicle par petits jets, éclabousse le visage de l'enfant qui se débat. « Allons ma petite, implore Sylvaine, tu as besoin de téter pour grandir. Bois, tu verras comme c'est bon. » De son index, elle essuie une goutte tombée sur la joue de Gladie puis l'étale sur les lèvres fines. Elle chantonne pour calmer la nouvelle-née, la berce, essaie à nouveau de faire pénétrer le mamelon dégoulinant de lait dans sa bouche. Enfin, le bébé s'y agrippe, telle une ventouse buccale, suce, aspire et déglutit.

L'homme sort de la cuisine en lançant : « Rejoignez-moi quand vous aurez terminé. Je vous raccompagnerai au bureau. »

Sylvaine sourit, regarde Gladie amarrée à son sein. « Nous voilà liées », murmure-t-elle.

Au premier étage, la jeune accouchée se réveille et réclame son enfant. Elle cherche le nourrisson, tâte le lit vide, se redresse à demi, appelle son mari.

L'homme arrive rapidement, la rassure : « Notre fille va bien, ne t'en fais pas. Rallonge-toi et dors.

— Je veux voir mon bébé, exige la jeune mère. Qu'on me l'amène.

— C'est encore trop tôt, mon ange. Tu dois te reposer. Allonge-toi.

— Mais j'ai besoin de mon bébé... Je veux la voir, supplie la jeune femme.

— Le médecin t'a prescrit le plus grand repos. Tu ne dois pas te fatiguer inutilement. Sois raisonnable, Faustine. »

La jeune mère enfouit sa tête dans l'oreiller pour étouffer ses pleurs.

« Soit ! cède son mari. Mais pas longtemps alors. »

Il revient peu après accompagné de Vivienne portant la nouvelle-née dans ses bras. Faustine, le dos calé contre deux oreillers, attend avidement de rencontrer sa fille. À la vue du petit paquet emmailloté, l'allégresse métamorphose son corps, le sang afflue dans ses joues ternes, les teintant d'une vivacité nouvelle. Vivienne dépose le bébé sur les genoux de sa mère.

Le premier regard est émerveillement absolu. Faustine contemple le nourrisson, chef-d'œuvre sorti de ses entrailles. Elle admire, se repaît de la perfection de ses traits : ovale sublime du visage fendu de deux yeux effilés, immenses cils noirs, minuscule nez retroussé, lèvres pleines et charnues. Un élan d'amour incommensurable la submerge, tandis que la nouvelle-née l'observe en retour, de ses yeux d'une couleur indéfinissable, bleu profond tirant sur le gris.

La jeune mère susurre : « Aglaé, ma chérie, comme tu es belle ! Tu rayonnes comme un soleil. J'ai cru mourir en te donnant naissance mais nous sommes là, toutes les deux, bien vivantes. »

Elle caresse la peau exquise, plus délicate qu'une étoffe de taffetas, la couvre de baisers tendres. Le nourrisson tourne la tête, bouche ouverte prête à saisir un téton invisible.

« Ça, je ne peux pas te le donner, déclare Faustine. Ma condition me l'interdit. »

Elle glisse son auriculaire dans la bouche du bébé qui suce, aspire aussitôt le doigt avec force.

« Quelle vigueur tu as, ma princesse ! Aussi puissante qu'une sangsue. »

Aglaé se satisfait peu de temps de ce subterfuge. Elle s'agite, gémit, crie. Vivienne dégrafe son corsage en soupirant.

« Installe-toi près de moi, que je puisse la regarder », commande Faustine.

La domestique approche une chaise du lit, prend l'enfant qui braille, s'assoit, lui donne son sein à téter, le regard tourné vers la fenêtre. Le bébé se calme aussitôt. Faustine observe ce duo dont elle est irrémédiablement exclue. Elle sait qu'elle devrait détourner les yeux, ne peut pourtant s'empêcher de regarder celle qui a le privilège de nourrir la chair de sa chair.

Un aiguillon lui transperce subitement la poitrine. Elle y porte la main et la découvre gonflée comme une outre remplie d'eau. Elle sent des picotements dans le bout de ses seins, une forme de brûlure qui la démange. Pour se soulager, elle masse ses mamelons endoloris. Le colostrum s'écoule lentement, laissant deux larges auréoles sur la chemise de nuit.

Trois coups brefs résonnent à la porte, immédiatement suivis par l'annonce de Sylvaine : « La petite a fini de téter. » Vivienne se raidit imperceptiblement. L'homme dépose un baiser hâtif sur le front de son épouse et sort en disant : « Je reviendrai vite. » Faustine ne le regarde pas partir, n'ayant d'yeux que pour son bébé qui se nourrit du corps d'une autre.

Sylvaine suit l'homme aisément jusqu'au bureau des nourrices, elle ne se sent plus aussi perdue. Porter Gladie dans ses bras l'emplit d'une force nouvelle. Elle ne craint ni le monde extérieur, contre lequel elle saura défendre l'enfant, ni le nourrisson avec ses cris et ses besoins impérieux. Elle sait qu'elle peut y pourvoir sans difficulté : du bon lait nourrissant, des bras pour enlacer et bercer, des yeux et des oreilles attentives pour comprendre ce qui ne peut être dit. La Ville lui apparaît sous un jour bien différent : pas tant de foule finalement, guère plus que les jours de grande foire qui ont lieu une fois l'an. Elle se dit que c'est son Jehan qui lui a manqué tout à l'heure pour se sentir droite et grande.

Dès que l'homme au chapeau a fini de remplir les papiers avec la recommandaresse, il tend à Sylvaine le trousseau de Gladie et la congédie. Tenant la nouvelle-née d'un bras et le sac de l'autre, la jeune femme se précipite dans l'entrepôt à la recherche de son petit garçon. Le désordre, la clameur sont indescriptibles. Deux nouveaux convois de nourrices viennent d'arriver de la campagne mais il n'y a plus de place pour les accueillir. Il faut que celles qui ont trouvé preneur s'en aillent au plus vite. Les femmes se bousculent, les unes tentant de trouver un espace où s'installer, les autres de rassembler leurs effets et de sortir. Sylvaine se fraie un passage jusqu'au coin qui leur a été octroyé la veille. Des femmes inconnues y ont pris place et la dévisagent. La nourrice reste interdite, repart entre les rangées de paillasse, anxieuse, étourdie par tant de monde et de bruit. Elle scrute chaque visage, cherche une de ses compagnes de voyage, appelle son nourrisson. À proximité du grand portail qui sert d'entrée et de sortie, elle est ballottée un moment dans la cohue, puis poussée au-dehors malgré elle. Sur la place, plusieurs charrettes se préparent au départ. Les meneurs crient fort, aboient leurs ordres comme des bergers qui veulent rassembler leurs ouailles.

Sylvaine reconnaît la voix de La Chicane qui intime aux retardataires de se dépêcher. Elle court jusqu'à la charrette, découvre avec soulagement que Jehan est assis sur les genoux de la Bienvenu. Après avoir posé Gladie et le trousseau sur le plateau, elle grimpe à son tour, s'installe à côté de Marie qui lui tend son fils. Bien qu'âgé seulement d'une demi-année, il lui semble immense par rapport à Gladie, si petite, si fragile. En face d'elle, la Rousse, un bébé dans chaque bras, explique : « Allouïn m'a emmenée au Tour, vu que j'ai été recalée. Pour les Trouvés, pas besoin de certificat. Je leur ai montré mon petit, et ça leur a suffi. C'est moins bien payé, mais ça vaut mieux que rien. »

Le convoi s'ébranle, emportant les sept nourrices et leurs neuf enfants de lait et de sang vers la vallée.

J'en ai voulu à Maé. À cause de cette vérité, je pouvais plus rêver et m'inventer un avenir meilleur. Je lui ai pas parlé pendant plusieurs jours. Du coup, je pouvais plus apprendre non plus. Et ça, ça m'embêtait drôlement. Parce que les lettres, elles me permettaient de m'enfuir de la ferme. Presque autant que mes espoirs à propos de ma mère.

J'ai fini par comprendre qu'il avait pas dit ça pour me blesser. C'était juste la vérité. Et il pouvait pas savoir que j'aurais préféré pas la connaître. Je lui ai pardonné et on est redevenus amis. On a repris mon apprentissage en cachette. Fallait pas qu'on nous voie, parce qu'une fille, surtout comme moi, doit pas perdre du temps à apprendre des choses qui lui serviront pas. Le plus souvent, on allait dans la remise. Ou bien dans la grange, tout en haut des bottes de foin. C'est là aussi que je me cachais pour m'épargner de la besogne.

Un jour où j'avais grimpé en haut des bottes pour échapper à la corvée d'eau, j'ai entendu des pas. Je me suis allongée pour pas qu'on me trouve. Ça piquait à travers ma robe. Deux gifles ont claqué dans l'air comme un fouet. Elle a supplié doucement. Ça m'a surprise, sa voix si faible. Comme si elle savait le combat perdu d'avance et qu'elle avait même pas la force de lutter. Moi aussi, avec le temps, j'ai appris à me taire.

J'ai entendu des grognements et ses plaintes de chaton qui appelle sa mère. Je me doutais bien de ce qui se passait, j'ai vu les animaux faire. J'arrivais pas à reconnaître les voix, à savoir qui c'était. J'ai hésité et puis j'ai rampé pour m'approcher du bord. Occupés comme ils étaient, elle à se défendre lamentablement et lui, à faire son affaire, je me disais qu'ils penseraient pas à regarder en haut.

J'ai avancé sans un bruit. J'ai reconnu le maître tout de suite. Sa carrure de bœuf, sa tignasse roux foncé. Je pouvais pas la voir vu qu'il l'écrasait de tout son poids.

À un moment, il a levé la tête et ses yeux ont croisé les miens. Il a eu un sourire qui semblait dire : ton tour viendra bientôt. Ça a été comme si j'avais été traversée par la foudre. J'ai été projetée tout au fond, contre le mur. C'était froid et humide. Je me suis recroquevillée sans plus oser respirer.

Il est parti le premier. J'entendais la fille qui pleurait et reniflait mais je pouvais pas sortir de ma cachette. J'en avais déjà trop vu et je voulais pas en savoir plus.

Après ça, j'ai essayé d'éviter le maître mais c'était pas possible. Je baissais tout le temps les yeux pour pas croiser son regard. Lui, il faisait comme si de rien n'était. Il avait pas changé, ni en bien ni en mal. Des fois, je me demandais si j'avais pas rêvé ça. Comme rien s'est passé, j'ai fini par me dire qu'il m'avait peut-être pas reconnue.

Le meneur est revenu. Il avance à pas lourds en s'appuyant sur son bâton de marche. Son panier d'osier dans lequel sont entassés les nourrissons est solidement attaché à ses larges épaules, formant dans son dos une excroissance difforme. Son arrivée au village provoque l'émoi habituel. À la vue de cette silhouette à trois pattes affublée d'une énorme bosse, la rumeur se propage comme une vague souple et mouvante. Les plus curieuses des commères accourent sur la place du village pour être les premières à inspecter sa cargaison. Les nouveaux-nés sont-ils toujours en vie ? Combien ont survécu à ce voyage de plusieurs jours, à dos d'homme indifférent ?

La Chicane ôte son chargement et laisse les vieilles femmes extirper les bébés du panier étroit. Ils sont au nombre de trois. Trois petits êtres à moitié nus dont les langes souillés de déjections exhalent une odeur nauséabonde. L'une des commères grimace. Les autres se passent de main en main les nourrissons à la peau violacée. Elles les débarrassent rapidement de leurs couches viciées, les inspectent, les retournent en tous sens, les frottent de leurs mains rugueuses, vont même jusqu'à les pincer, insensibles aux hurlements qui retentissent. Le constat est établi rapidement : l'un des nouveau-nés est mort. De froid ou de faim, peu importe. Il n'a pas supporté ce voyage éprouvant. Un autre est en piteux état : sa peau est recouverte par endroits de pustules qui forment des îles granuleuses et purulentes. Il peine à ouvrir les yeux et n'émet qu'une faible plainte, semblable au miaulement d'un chaton perdu. Le dernier semble assez vigoureux. Il proteste énergiquement, s'époumone, vire au rouge cramoisi, faisant ressortir les croûtes de lait jaunies qui constellent son crâne.

Au fond du panier d'osier se trouvent les layettes des enfants. La commère, dégoûtée, exhibe le contenu d'un paquet : couverture de laine blanche, couches de toile, brassières, bonnet en coton. La femme de l'aubergiste observe la scène du pas de sa porte en secouant la tête. Quelle désolation de laisser des petits dépérir dans le froid et la crasse alors que tout le nécessaire est à portée de main ! Elle rentre dans son échoppe en claquant brutalement la porte.

La Chicane, nullement troublé par ce blâme manifeste, entre à sa suite, s'installe à la table centrale et commande un pichet de vin. C'est l'aubergiste qui vient le servir. Il bafouille en guise d'excuses :

« Faut pas vous formaliser… Les femmes, c'est drôlement sensible et la mienne, encore plus qu'une autre ! »

Le meneur ne se donne pas la peine de répondre. Il sait qu'il est méprisé, voire haï des villageois. Ça lui importe peu tant qu'il a du vin à boire et de bons gros sous dans sa poche. Il avale goulûment la moitié de la carafe puis émet un rot bruyant suivi d'un soupir d'aise.

L'onde de la nouvelle a déferlé jusqu'à Sylvaine. La nourrice s'affaire. Ses gestes sont mécaniques – sortir les bonnets et les couvertures de laine, en revêtir les bébés, sangler Gladie sur son dos et caler Jehan dans la charrette à bras. En concentrant toute son attention sur les préparatifs, elle cherche à endormir les pensées qui cavalent au rythme effréné de son cœur angoissé. Il lui semble être prise dans un étau aux mâchoires puissantes qui lui compriment douloureusement la poitrine. Le meneur, chargé de payer les nourrices après inspection des nouveau-nés, se rendra-t-il compte de la substitution ? Cette question lancinante et capitale, Sylvaine s'efforce de la tenir à distance autant qu'elle peut, emmurant son esprit dans une tour sourde. Cette interrogation se transforme bientôt en un bélier infatigable qui frappe à coups répétés contre la forteresse de sa raison et dont les assauts cadencés scandent le rythme de ses pas jusqu'à la place du village.

Avant même d'apercevoir la longue file d'attente qui s'est formée devant l'auberge, Sylvaine comprend au brouhaha de voix et de cris qu'elle arrive dans les dernières. Toutes les nourrices sont venues avec leurs bébés et bambins si bien que la place du village déborde de monde, de vie et de joie. C'est le jour des comptes ! Les femmes forment de petits groupes telles les grappes disséminées d'une même vigne. Les ombres de leurs corps, alourdis des bébés qu'elles portent dans les bras, dessinent sur le sol les ramifications noueuses des sarments, s'organisent en rangées serrées, autour desquelles les enfants plus grands tournent, papillonnent. Les conversations, ponctuées d'avertissements et de réprimandes, sont interrompues par les pleurs, les rires et les babillements des bambins. Sylvaine prend place à la fin de la queue qui se déploie jusqu'au vieux chêne et entend malgré elle la conversation des femmes qui la précèdent.

« Il paraît que La Chicane recrute aussi de l'autre côté de la vallée… C'est pour nous faire concurrence et pouvoir baisser nos gages à ce qu'on dit.

— Ça m'étonne pas de lui. Un vrai grippe-sou qui s'engraisse et s'enivre grâce à notre bon lait.

— Tu l'as dit. Il a essayé de m'avoir la dernière fois en voulant me donner une partie de mon salaire en blé. C'est pareil pour toi, qu'il a dit. Tu parles... Quatre mesures de blé à la place de vingt sous ! Mais je me suis pas laissé faire et j'ai fait appeler mon homme. Quand il l'a vu arriver avec son air pas commode, il a bien été obligé de céder et de nous donner notre dû. »

Des éclats de voix retentissent dans la taverne. Les curieux s'approchent et se massent en foule devant la porte. La dispute oppose Allouïn et une nourrice venue chercher un nouveau-né des enfants Trouvés.

« Vous avez pas le droit de garder mon premier mois de salaire ! Le petit, c'est moi qui vais devoir m'en occuper et le nourrir. Vous avez fait que le ramener ici, vous ; prenez la commission habituelle du transport.

— C'est à prendre ou à laisser. Soit tu t'engages maintenant pour l'élevage du petit et j'inscris ton nom sur le registre, soit tu déguerpis sans le bébé et je trouverai bien une nourrice prête à s'en charger à mes conditions.

— Mais si le petit meurt dans les prochains jours ? J'aurai travaillé pour rien.

— C'est sûr. Mais si le petit vit, tu toucheras tes gages régulièrement.

— C'est pas humain de nous imposer ça quand on voit la misère où qu'on vit... »

La Michaude sort de la foule, entre dans l'auberge et déclare d'une voix forte : « Je le prends moi, le petit. »

Tout le village connaît cette femme âgée, nourrice qui n'a plus de lait depuis longtemps. Sèche comme un sol d'été craquelé après des semaines de canicule, elle ne peut plus se louer comme nourrice à lait et ne prend que des enfants sevrés ou les petits Trouvés dont la survie intéresse peu. Elle a déjà la garde de trois bambins en plus de ses huit enfants. Entre ses mains sont passés d'innombrables nourrissons dont seuls quelques-uns ont survécu au régime de lait d'animaux qu'elle leur a imposé trop tôt.

« Autant l'envoyer au cimetière tout de suite ! s'indigne la nourrice éconduite. Moi, j'ai du bon lait mais je refuse de le donner pour rien. » Sur ces mots, elle se fraie un chemin parmi la foule et quitte la place.

Le meneur fait signe à la Michaude de s'asseoir.

« On va faire les paperasseries. »

Son sourire goguenard traduit sa double satisfaction : celle d'avoir imposé sa loi et son bon vouloir à la face du village et celle de conclure une excellente affaire. En plaçant ce petit Trouvé chez la Michaude, il gagne un mois de salaire de nourrice pour un simple transport et qui plus est, la probabilité de la mort prochaine du nouveau-né, lui laisse espérer réitérer cette opération à sa prochaine tournée.

Cette scène provoque un vif émoi sur la place bondée. L'ensemble des spectateurs prennent parti pour la nourrice refusée, fustigeant l'avidité du meneur et de la Michaude, tous deux prêts à sacrifier une vie humaine pour quelques sous. Sylvaine n'écoute ni ne participe aux critiques et condamnations collectives. La colère dormante et l'agitation grondante lui font l'effet d'une menace qui ravive sa peur d'être démasquée. Sa culpabilité lui apparaît avec une acuité soudaine. Que penseront les villageois si la substitution dont elle s'est rendue coupable est révélée ? À quelle vindicte publique sera-t-elle exposée ? N'aurait-elle pas mieux fait d'avouer la vérité et de solliciter une pension à l'hospice pour le nourrissage de la petite au lieu de céder à l'égarement pour sauver l'enfant de lune ?

Tandis que la queue devant elle s'amenuise et la rapproche de l'entrée de l'auberge dans un compte à rebours inexorable et terrifiant, il lui semble marcher vers un juge corrompu et partial qui décidera arbitrairement de son sort. Une coulée de sueur glacée glisse le long de sa colonne vertébrale, de la nuque jusqu'au bas des reins. Son angoisse a contaminé Jehan qui se met à hurler sans raison apparente. Les cris de Gladie s'ajoutent bientôt aux siens et c'est avec deux bébés vociférants, rivalisant de puissance vocale, que Sylvaine se présente devant La Chicane.

« Fais taire tes marmots ou débarrasse-nous-en », ordonne Allouïn. La nourrice obtempère. Vite, elle place Gladie au sein et confie son fils à une femme qui se charge de l'éloigner.

« Nom et prénom du petit ? demande-t-il sèchement.

— Chagnon Gladie. »

En s'entendant prononcer ce patronyme avec assurance, sans l'once d'une hésitation ni le moindre tremblement de voix, Sylvaine mesure le pouvoir de la parole qui fait exister ce qui n'est pas, par le simple fait de le nommer. Par ce baptême inopiné, elle scelle à jamais le destin de l'enfant de la nuit qui vient de recevoir en héritage une filiation, l'inscrivant dans une généalogie officielle.

Le meneur paie ses gages à Sylvaine sans broncher et celle-ci sort de l'auberge avec un sentiment de victoire, forte non seulement d'avoir dupé le célèbre chicaneur mais surtout d'avoir sauvé son enfant de lune. Elle rentre chez elle, bercée par le souvenir éblouissant de la nuit fabuleuse où elle a rencontré la nouvelle-née et le livre à la voix muette.

La première fois où le maître m'a prise de force, je m'y attendais pas. J'avais pas encore eu mon premier sang. Je commençais juste à avoir des seins, si petits qu'on aurait dits deux bourgeons. J'avais poussé d'un seul coup et mes vêtements étaient tous devenus trop petits : ma chemise m'arrivait au-dessus des poignets et ma jupe au milieu des mollets. Je croyais que c'était à cause de ça que certains me regardaient avec un drôle d'air. Le Pierrot surtout. Son regard traînait tout le temps sur moi. Je le sentais même derrière mon dos. Qu'est-ce t'as ? je lui demandais quand ça m'énervait trop. T'as changé, il me répondait. Et toi, t'as toujours ta tête de fouine, je lui disais en lui tirant la langue.

Le maître aussi me reluquait avec insistance, un sourire au coin des lèvres. Mais puisque c'est le patron, je pouvais rien lui dire. Je tirais sur mes manches et je me faisais la plus petite possible.

Ce jour-là, j'étais avec Maé. Lui aussi avait poussé trop vite et ça lui donnait l'air encore plus maigrichon. Quand son père nous a surpris dans la remise, allongés côte à côte et penchés sur le cahier, j'ai cru qu'il allait me punir pour ça. Il m'a attrapée par le bras en disant : je vous y prends. Pendant qu'il me secouait, je faisais le dos rond et je cachais ma tête dans le bras qui me restait. Je pensais en être quitte pour deux ou trois torgnoles. Mais au lieu de me frapper, il m'a tirée dehors. Je traînais les pieds, je voulais pas y aller. Sa main énorme broyait mon bras comme une meule. Il m'a tirée comme ça jusqu'à la grange. Le soleil était sur le point de se coucher. J'ai vu le ciel rouge, incendié, et j'ai senti la peur monter en moi.

La première gifle m'a envoyée valdinguer sur la paille. J'ai essayé de m'enfuir à quatre pattes. Mais j'étais comme une souris prise au piège. Bien trop petite pour échapper à ses griffes. Il m'a facilement rattrapée en agrippant ma jupe par-derrière. J'essayais de m'enfuir, c'était plus fort que moi, même si c'était clair pour nous deux que j'y arriverais pas. Mes mains et mes pieds labouraient le foin mais j'avançais pas d'un pouce. Je faisais juste voler la paille dans tous les sens. J'ai crié de rage. Il m'a retournée d'un coup, comme une galette, et m'a giflée. Tellement fort que j'en ai eu le souffle coupé. Ferme ta gueule, il a dit.

Il s'est laissé tombé sur moi. J'ai cru étouffer. C'était plus un chat mais un bœuf qui m'écrasait. Il a serré mon cou de sa main énorme. Il a répété à mon oreille, très bas, tu fermes ta gueule. J'ai senti son haleine dégoûtante.

Il a lâché mon cou, s'est relevé sur les genoux – yeux brillants – sourire dégueulasse – a sorti son engin – couleur d'aubergine pourrie – retroussé ma jupe – moi, paralysée incapable de bouger – plus de souffle, j'étouffe – écarté mes jambes – je suis une poupée, sa chose – effroi, que va-t-il me faire – prend son engin dans sa main – se baisse – force, pousse pour entrer – ça veut pas – la main maintient droit l'engin qui ploie – insiste, pousse – mal, mal, mal – mes mains à la rescousse – faut enlever ça qui pénètre dans mon corps – griffent, tapent la main serrée sur l'engin – mal, mal, mal – j'entends mes cris – lâche son engin déjà loin dans mon corps – attrape mes mains – enserre mes poignets au-dessus de ma tête – souffle dans ma figure – plaque ma tête sur le côté – ça grogne – ça avance – mal, mal, mal – ça déchire, ça fouaille – mal, mal, mal – plaie de mon corps au-dedans – ça fourrage – mal, mal, mal – coups de bélier – mal, mal, mal – quand ça s'arrête – mal, mal, mal – je vais mourir – ça continue

Voici la nuit. Elle s'est glissée dans la forêt, venant non du ciel mais de la terre elle-même, recouvrant peu à peu de son obscurité fertile la couverture feuillue de l'humus, les fougères, les taillis, les arbres et enfin le ciel chargé de nuages. Les enfants dorment paisiblement. Le feu crépite et rougeoie dans l'âtre. Sylvaine s'est assoupie auprès d'Andoche, dans leur lit moelleux. Elle est agitée de soubresauts, manifestations du rêve qui la traverse.

Ce songe la ramène à la nuit de l'Appel, celle où l'enfant et le livre l'ont éloignée de la chaumière pour la mener dans la clairière brumeuse, au cœur de la forêt. Elle revoit la lune rousse, maîtresse des destinées. Dans un langage qui lui appartient, l'astre flamboyant signifie à Sylvaine que c'est la date anniversaire du pacte qu'elles ont passé ensemble, gardienne de la Terre et femme nourricière. Une année complète s'est écoulée depuis le jour où l'enfant de lune est devenue fille de Sylvaine. Cet anniversaire doit être célébré, non à la manière des hommes, dérisoire hommage aux années qui s'accumulent, mais à la façon des astres qui régissent les saisons et les mystères de la vie en dormance. L'Appel retentit de nouveau, il se déploie dans un souffle impalpable et tenace, vivace. Il lui chuchote à l'oreille des vocables pressants : « Viens, l'heure est arrivée, celle de la fécondité et de la maternité. Tu porteras en ton ventre l'enfant du vent, un enfant de tempête. »

Le souffle, d'abord ténu, se love au creux du cou de Sylvaine. Il enlace sa nuque telle une fine écharpe de tulle légère, glisse entre ses seins, effleure son nombril, s'enroule autour de sa taille. La jeune femme se cambre, frissonne et trésaille sous l'effet de cette caresse inattendue. Ses tétons se raidissent et pointent. Le souffle devient brise qui se coule entre les cuisses de Sylvaine, descend le long de ses jambes pour s'entortiller autour de ses orteils. Le zéphyr joue à cache-cache, se faufile dans tous les interstices, explore toutes les anfractuosités du corps abandonné. Il enveloppe, câline la femme de ses mille bouches, l'étreint dans un baiser total. Telle une fleur secrète dont les pétales se déplient un à un, délicatement, posément, dévoilant le pistil, trésor protégé, le sexe de Sylvaine s'entrouvre. Il s'éveille et s'humidifie. Les lèvres s'écartent, s'effacent. La brise espiègle titille délicieusement le clitoris caché sous sa hotte et la vulve rosie par l'afflux du sang. Elle s'attarde à l'orée du réceptacle, s'immisce lentement dans l'orifice, pénètre dans la cavité précieuse aux recoins moites. La fraîcheur du souffle décuple les sensations de Sylvaine qui n'a jamais connu pareille jouissance. Son anatomie lui est révélée pour la première fois. La vague du plaisir se propage tel un fourmillement exquis dans toutes les fibres de son corps, territoire désormais infini.

Le râle d'Andoche réveille brusquement Sylvaine. Celle-ci se dégage de l'étreinte de son époux, porte la main à son entrejambe : le sperme encore tiède coule entre ses doigts.

La vie aussi a continué. Les corvées d'eau, de linge, de bois. Nourrir les poules. Sortir la rosse au pré. Garder les vaches. Les traire. Faire le beurre dans la baratte. Tourner jusqu'à ce que la crème se détache. Aider aux champs. Ramasser les patates. Cuire les galettes. Servir à table. Remplir les pichets de cidre. Éplucher les navets et les carottes. Faire la soupe.

En apparence, rien n'avait changé. Le maître m'ignorait, comme si rien de tout ça s'était passé. Je l'évitais autant que je pouvais, mais c'était pas facile. À chaque fois que j'allais me coucher, je restais les yeux ouverts en guettant tous les bruits. J'avais peur qu'il vienne me chercher. Je finissais par m'endormir en imaginant que mémé dormait près de moi.

La journée, j'étais parfois prise de tremblements et de panique. Le seul moyen de me calmer, c'était de regarder le ciel et de laisser ma tête s'envoler. Je connais toutes ses couleurs, toutes ses textures. Rigide et léger comme un couvercle de marmite. Profond et sombre comme l'eau du puits. Mouvant comme l'herbe haute qui ondule sous la brise. Vaste et crayeux comme les draps de lin qui claquent au vent.

J'ai fini par reprendre les leçons en cachette avec Maé. Il comprenait pas mon acharnement. Viens courir, il me disait. Mais j'acceptais de jouer que quand ma tête était pleine. La journée, je révisais. Je m'entraînais à tracer des lettres sur le sol avec un bâton. Je récitais l'alphabet dans ma tête en menant les cochons à la glandée ou en allant chercher l'eau au puits. Le soir, je demandais à Maé de me faire réciter. Je recopiais ses mots dans les marges.

Un jour, je lui ai demandé de me céder un crayon et un vieux cahier pour pouvoir m'exercer seule. Il a d'abord dit non. Et si je te donne quelque chose en échange ? j'ai proposé. Ça dépend quoi, il a dit, en me regardant avec ses grands yeux doux. J'avais l'impression que son regard était une caresse. Il a approché son visage tout près du mien. J'ai senti une chaleur étrange dans mon ventre, comme si on y avait allumé un petit feu. Sans réfléchir, je lui ai donné un baiser et j'ai dit : voilà pour le crayon. Il m'a embrassée à son tour. Et ça, c'est pour le cahier, il a dit.

Environ trois mois après cette nuit de plaisir inédite, Gladie se met à refuser le lait de sa nourrice. Un matin d'été, après avoir soulevé le corsage de Sylvaine pour téter, l'enfant de lune rejette le mamelon avec une grimace de dégoût. La nourrice l'installe plus confortablement sur ses genoux et lui présente son sein gonflé de breuvage. Gladie en avale quelques gorgées puis se détourne de nouveau du téton en pleurant. La même scène se reproduit les jours suivants, spirale infernale de besoin inassouvi et de lait dédaigné. La nourrice s'inquiète, s'imagine être victime d'un mauvais sort qui ferait tourner le précieux liquide.

Elle se résout à aller consulter la vieille Margot qu'elle a soigneusement évitée depuis leur rencontre fortuite sur le chemin du village quelques jours après la substitution. Lorsqu'elle arrive, avec ses deux enfants, devant la porte de la masure, elle hésite à frapper, se demande si elle ne ferait pas mieux de tourner les talons, de déguerpir comme une souris effrayée par la silhouette d'un chat. Elle se dandine sur le seuil et on dirait, à voir cette femme se balancer d'un pied sur l'autre, un bambin au bout de chaque bras, qu'elle ne parvient à garder l'équilibre qu'en s'accrochant à eux, mâts oscillants qui retiennent cette voile faseyant au vent.

Margot ouvre énergiquement la porte en lançant : « Tu entres ou pas ? » puis disparaît dans l'obscurité de la pièce. Les petits entraînent Sylvaine à l'intérieur, comme s'ils étaient soudainement délivrés de la cloche de verre sous laquelle la crainte de la jeune femme les avait tous trois enfermés. Ils explorent aussitôt la pièce principale de la maison qui regorge d'un fouillis d'objets et d'ustensiles : bocaux et fioles de diverses dimensions, mortiers en bois et en terre cuite, statuettes d'argile représentant des figures humaines à tout âge, herbes séchées pendues au plafond, gerbes de fleurs fanées, pierres scintillantes et cailloux lissés par l'érosion.

La vieille femme s'est assise sur un tabouret, le visage tourné vers Sylvaine. Elle plisse ses yeux d'un bleu très clair, recouverts d'une pellicule blanchâtre.

« Je viens pour un remède, dit Sylvaine. Mon lait a tourné. J'en ai toujours assez, c'est pas ça la question.

Mais la petite veut plus en prendre, comme si le goût ou la consistance la dérangeait.

— As-tu eu tes lunes dernièrement ?

— Elles sont revenues deux fois seulement depuis la naissance de Jehan et elles sont reparties.

— Faut pas chercher. Tu es habitée. Le lait se modifie, c'est naturel. Pas de remède à ça, pas besoin d'ailleurs. La petite va se sevrer d'elle-même. »

Sylvaine repense à la nuit du souffle, à l'air qui l'avait pénétrée de toutes parts tel un amant fougueux, et à la semence déposée dans le creux de son ventre. Elle s'en veut de ne pas avoir compris ce qui se passait dans son propre corps. Cela lui semble limpide maintenant. Et la voilà devant la vieille Margot qui continue à la fixer intensément sans la voir pourtant, fouillant de son regard aveugle son intériorité et son intimité la plus profonde. La vieillarde déclare d'une voix claire, presque enfantine, qui détonne avec son visage parcheminé :

« Il faudra lui dire. Tu as choisi de taire cela aux hommes – je ne vais pas te juger là-dessus, tu régleras ça avec eux et ta conscience si besoin – mais à elle, il faudra lui dire. Et lui donner le livre qui lui appartient. C'est son dû : son histoire et son identité. Qui peut vivre dans le monde sans savoir qui il est ? Et d'où il vient ? Personne. Les bêtes n'ont pas besoin de savoir cela, elles naissent, vivent et meurent sans questions car elles sont les enfants de la Terre. Les humains, c'est autre chose. Ils ont besoin de savoir sinon, ils passent leur vie à chercher le point d'ancrage qui leur fait défaut. Ce faisant, ils en oublient de vivre. »

Sylvaine est perplexe. Ce n'est pas tant que Margot connaisse la vérité sur Gladie qui l'inquiète. Elle l'avait perçu dès le jour où elle avait quitté la chaumière pour présenter l'enfant de lune devenue Gladie, l'avait compris dans la phrase sibylline que Margot avait prononcée après avoir observé la petite. C'était une promesse de ne pas ébruiter ce secret et elle avait tenu parole. Ce qui remue intensément la nourrice, la bouleverse profondément, c'est la pertinence des propos tenus par la vieille femme. Jamais Sylvaine n'a envisagé de raconter à Gladie la nuit de l'Appel pourtant fondatrice de leur relation. Jamais elle ne s'est interrogée sur le sort à donner au livre. Elle l'a conservé, bien caché sous son lit, sans oser l'ouvrir à nouveau, craignant de faire renaître ses scrupules, d'éveiller ses remords, considérant l'objet abscons comme une preuve tangible de son forfait. Elle comprend que Margot a raison, que ce secret des origines devra être dévoilé un jour à Gladie, qu'il explique le lien unique qui les relie, mère et fille non de sang mais de lait. L'enfant devenue adulte devra pouvoir lire le livre qui est sien.

La vieillarde ajoute : « La pire chose, c'est le non-dit, le tu. Même si on veut le dissimuler, l'enterrer soigneusement, le secret suinte, s'écoule de toutes parts comme une eau impossible à retenir dans un poing fermé. Tout individu trahi sait, au fond de lui, que quelque chose lui est caché. C'est un fardeau immense à porter, un de ces fardeaux qui vous écrasent au point de vous empêcher d'avancer. La plupart des hommes craignent la vérité, croient qu'elle va les empêcher de vivre. Au contraire, c'est le mensonge et le secret qui tuent. »

Sylvaine comprend qu'elle est venue pour entendre cela. Le lait refusé par l'enfant n'était au fond qu'un prétexte. Il lui fallait se confronter à la réalité, entendre d'une bouche humaine que Gladie n'est pas fille de Vivienne mais enfant de lune rousse.

Le maître a recommencé à me forcer après la visite du meneur. Ce gars-là était jamais venu au hameau mais on en avait entendu parler. On savait qu'il faisait du trafic de bébés et de lait de femme.

Il est arrivé un après-midi alors que tout le monde était aux champs. On a été contents de faire une pause à cause du soleil qui tapait fort ce jour-là. On s'est rassemblés autour de lui pour l'observer. Son air m'a tout de suite déplu. Je saurais pas trop dire pourquoi… Peut-être à cause de sa face aussi rouge qu'une tomate trop mûre.

Il nous a salués, façon de se montrer poli, mais on voyait bien que c'était pas franc. Il a même essayé de sourire sans réussir. Ça lui a fait un drôle de rictus plutôt inquiétant. Je me souviens plus de ses paroles exactes. C'étaient des amabilités qu'il disait pour nous amadouer. Je pouvais pas m'empêcher de regarder ses mains aussi larges que des cales de bois. Elles tripotaient son bâton de marche et disaient le contraire de sa bouche.

Tout en parlant, il nous lorgnait sans aucune gêne. Quand son regard s'est posé sur moi, j'ai eu envie de me cacher.

Il a sorti de sa besace une bouteille de rouge presque vide. Il a bu la fin d'une traite et s'est essuyé la bouche avec sa manche. Il a enfin expliqué son affaire et j'ai compris pourquoi son regard me mettait mal à l'aise. À ses yeux, j'étais une vache à traire.

Le maître m'a envoyé chercher un pichet de cidre. Puis il s'est ravisé et il a décidé qu'on irait tous les trois à la ferme. J'aurais voulu rester avec les autres, mais j'avais pas le choix. Sur le chemin, je marchais derrière eux en regardant le ciel. Il était clair, d'un bleu glaçant.

Ils se sont assis à la table commune et je leur ai servi à boire. Je suis allée m'occuper du souper dans la cuisine. J'ai pas pu m'empêcher d'écouter leur conversation. Ils parlaient sous.

Le maître a commencé : d'ordinaire, les moutards, on cherche plutôt à les éviter par ici. C'est pas qu'on a pas de cœur, mais c'est des bouches en plus à nourrir. Et beaucoup meurent avant de commencer à rapporter. Jusqu'à leur 6 ans, on peut presque rien en tirer. C'est que vers 10 ans que la balance s'équilibre. Sans compter que les mères, quand elles allaitent, mangent plus et abattent moins de besogne que les autres. Alors dites-moi, ça rapporte combien cette histoire de nourrissage ?

Ça dépend, le meneur a répondu. Pour les Trouvés de l'hospice, y a pas besoin de certificat. Le nom de la nourrice suffit. Je vous fais la livraison directement ici. Mais c'est peu payé. 40 sous par mois seulement. Et les tarifs baissent en fonction de l'âge du mioche. À 6 ans, plus de pension. Mais le petit, il est pour vous.

Et pour les autres ? il a demandé.

Si la nourrice m'accompagne et prend un petit de la Ville, elle touchera le double. 80 sous par mois. Si vous arrivez à me trouver des femmes laitières, je vous donnerai directement les salaires. Et vous vous arrangerez avec elles ensuite. Vous en pensez quoi ?

Je voyais pas le maître, mais je pouvais imaginer, à son silence, qu'il faisait ses calculs, les sourcils froncés comme lorsqu'il s'agit d'estimer le gain de la récolte.

Revenez l'an prochain, il a conclu. On pourra faire affaire.

Le soir même, il m'a réveillée et traînée jusqu'à la grange. Je me suis pas débattue. Je savais que ça servait à rien de lutter. J'ai fait la morte et compté le nombre de bottes de foin.

La Chicane marche vers le village, sa hotte hurlante rivée sur son dos. Les cris des bébés l'exaspèrent, l'horripilent. Il lance des jurons, maudit les braillards, s'arrête au bord de la route, se décharge de son panier. Il détache la toile de tissu qui recouvre le chargement. Au fond des trois compartiments séparés par des parois verticales, les nouveau-nés sont tassés, ramassés sur eux-mêmes. Rouge cramoisi, ils beuglent. Leurs langues tremblent dans leurs bouches immenses aux gencives lisses. Allouïn sort une bandelette de tissu, l'imbibe de vin, la donne à sucer tour à tour aux trois nourrissons, puis repart.

Quelques heures plus tard, Sylvaine prend place dans la queue qui s'étend jusqu'au grand chêne, tenant par la main ses deux bambins, Jehan âgé de bientôt deux ans et Gladie, de quinze mois.

Les conversations vont bon train entre les nourrices, heureuses de se retrouver et d'échanger les dernières nouvelles. Une rumeur, surtout, occupe tous les esprits et délie les langues.

« Sais-tu ce qui est arrivé au dernier petiot de la Michaude ? Il a été dévoré par un cochon ! Elle était partie on ne sait où, en laissant tous ses bambins dans la cour qui jouxte sa ferme. À ce qu'on dit, le Trouvé qu'elle avait en garde depuis le dernier passage de La Chicane était posé dans un baquet. Et pendant que les plus grands s'occupaient, le cochon est simplement venu manger le petit… Le bébé s'est mis à hurler et les autres enfants aussi quand ils ont compris ce qui se passait. Ils faisaient un tel vacarme qu'on a fini par les entendre. C'est le mari de la Michaude qui est venu voir d'où venait tout ce raffut. Il était pas bien loin, dans la grange à ce qui paraît, mais quand il est arrivé, c'était déjà trop tard. Le nourrisson avait été à moitié dévoré. Le cochon avait la truffe toute luisante du sang encore frais du petiot et des morceaux de chair plein la gueule. Quand la Michaude est revenue, son mari lui a passé un sacré savon. Où est-ce que t'étais ? qu'il criait. Pourquoi tu l'as posé là, dans le baquet ? qu'il demandait. Elle, elle s'est pas laissée démonter. Ça m'étonne pas vu son caractère de chien de garde. J'avais à faire, qu'elle a simplement répondu pour se justifier. » Une voisine renchérit : « Elle aurait même dit que c'était pas une grosse perte, vu que le Trouvé leur rapportait presque rien. »

Sylvaine serre encore plus fort les mains de ses enfants. Un haut-le-cœur la saisit en pensant au corps démembré du petit sacrifié. Elle déclare d'un ton véhément : « Le petit aurait eu une mort moins atroce à l'hospice. C'est une honte de confier des enfants à une telle diablesse. » Tous les visages se tournent vers Sylvaine. Mais celle-ci a fini de parler et ne desserre plus les dents. La Bienvenu approuve : « C'est vrai, il faudrait faire du ménage là-dedans. »

Sylvaine n'a pas décoléré lorsqu'elle se présente devant La Chicane. Dans son imagination, elle se métamorphose en cochon géant qui arrache, d'un coup de groin, la tête ignoble au sourire satisfait, en guise de représailles au martyre du petit dévoré. Le regard du meneur glisse sur le visage contracté de la nourrice et s'attarde sur le ventre à peine rebondi.

« Te voilà de nouveau grosse ! C'est une bonne et une mauvaise nouvelle, ça. Bonne parce que tu auras bientôt un lait tout jeune qui se vendra à un bon prix. Mauvaise parce qu'il va falloir prévenir les parents et qu'ils baisseront tes gages. »

Allouïn marque une pause et attend la réaction de Sylvaine. Celle-ci reste muette.

« À moins qu'ils ne décident tout bonnement de reprendre l'enfant, vu qu'ils ont sûrement à leur service une bonne capable de donner la becquée. »

Au tressaillement de la jeune femme, La Chicane comprend qu'il la tient. Il s'interrompt de nouveau, autant pour savourer ce moment de puissance où il sent son ascendant monter sur sa proie, que pour laisser à la nourrice le temps de mesurer l'ampleur des conséquences de son état. Il ajoute plus bas :

« On peut toujours s'arranger, tu sais. La Ville, c'est pas la porte à côté. Il faut faire un sacré bout de chemin pour y aller. Et les nouvelles se perdent parfois en route. Tu me suis ? »

Sylvaine acquiesce d'un mouvement de tête. Le meneur jouit de la voir comme un poisson qui aurait mordu à un hameçon et serait incapable de s'en détacher, les ouïes déchirées par la pointe d'acier, manquant d'air déjà.

« Je risque gros en faisant ça. Je pourrais même y perdre ma place. Alors que les choses soient bien claires : personne, tu m'entends, personne, pas même ton homme ne doit connaître notre marché. Ça reste entre nous et juste entre nous. Aux autres, à tous les autres, tu dis que tu es passée nourrice sèche. Que tu ne touches plus que quarante sous par mois. C'est la moitié de ce que tu gagnes aujourd'hui. Dans les faits, on partage ce qui reste : vingt-cinq pour moi et quinze pour toi. Tu y gagnes et moi aussi. »

Sylvaine aimerait cracher à la figure de cette crapule, déguerpir à toute allure, s'échapper des griffes de ce chacal. Mais elle reste figée, tendue par l'effort de réflexion que cette proposition implique. Non qu'elle soit intéressée par le gain. C'est la peur de perdre Gladie qui la fouaille, pluie cinglante qui brouille son entendement. La Chicane compte minutieusement l'argent, le tend à la jeune femme et la congédie d'un revers de main.

Il m'a forcée presque tous les jours pendant toute une lune. Je savais bien où il voulait en venir. M'engrosser pour vendre mon lait. L'argent promis par le meneur lui avait tourné la tête. Nourrir un bébé, ça a jamais empêché une femme de travailler. Elle le traîne partout avec elle mais c'est pas pour ça qu'on lui épargne de la besogne. Du coup, avec cette histoire de pension, c'est coup double pour le patron.

J'évitais le plus possible Maé, qui était pourtant mon seul ami à la ferme. T'es fâchée ? Qu'est-ce t'as ? il me demandait. Rien, je répondais. Je m'arrangeais pour pas me retrouver près de lui à table ou dans les champs. J'avais trop honte de moi.

Un jour, il s'est planté devant moi, m'a tendu un bout de papier déchiré et s'est enfui aussitôt. Mon cœur battait fort et mes mains étaient moites. Je suis allée me cacher pour lire ses mots. Il avait écrit : Viens me retrouver ce soir au barrage du Bois fendu. J'ai un cahier pour toi. J'y suis pas allée. Je me demandais comment un garçon si doux pouvait être le fils d'un tel cochon. Comme si l'un avait pris tout le bon, et l'autre tout le mauvais.

J'ai été engrossée comme ça. Alors que je voulais pas. J'étais désespérée. Je me souvenais des mots de Maé à propos de ma mère. Moi aussi, je serais obligée de partir. Mais pour aller où ?

Le maître, il me scrutait pour savoir où j'en étais. Mon ventre, il était pas plus gros qu'avant. C'est mes seins qui avaient gonflé, comme s'ils se préparaient déjà à se remplir de lait. Je les cachais du mieux que je pouvais en les serrant dans un linge. J'osais pas en parler aux femmes de la ferme. J'avais trop peur qu'elles me dénoncent. Je suis allée voir la Joséphine.

Pour aller chez elle, je suis passée devant l'étable où on habitait avec mémé. Ça m'a rendue triste. Du temps de mémé, j'avais des soucis et des rancœurs mais j'étais pas si malheureuse tout compte fait.

La Joséphine, elle était en train de préparer les galettes de la semaine, accroupie devant le feu. Y avait tous ses marmots qui couraient dans la maison et je me suis dit que c'était peut-être pas elle qui allait pouvoir m'aider. Elle m'a saluée avec un grand sourire. J'ai pas pu lui répondre. Mes larmes se sont mises à couler toutes seules, comme si sa gentillesse était la flamme d'une chandelle qui faisait fondre la cire.

Elle s'est relevée et m'a prise dans ses bras. Je comprends, elle a juste dit. Ça m'a fait peur que ça se voie autant, malgré tous mes efforts. Ça m'a soulagée aussi, parce que ça m'évitait d'expliquer. Ça a pas marché pour moi, mais tu peux toujours essayer, elle a dit.

Elle m'a demandé d'emmener les enfants dehors et de l'attendre. On est sortis. Le bleu du ciel était troué de nuages blancs. J'ai cherché des formes, des animaux, des silhouettes, mais j'arrivais à rien voir à cause de mes larmes qui embrouillaient tout. J'entendais les enfants jouer et j'ai regretté d'avoir grandi. J'ai pensé à ma mère qui avait dû essayer ce que je m'apprêtais à faire.

La Joséphine est venue me chercher. Elle m'a prise par la main et m'a fait asseoir à la table. Y avait une tisane qui fumait. Bois, elle a dit. C'était très amer. Ça m'a laissé un goût râpeux sur la langue, comme si je l'avais frottée avec des copeaux de bois. J'ai bu d'une traite et je suis rentrée à la ferme.

Le soir, dans mon lit, j'ai eu très mal au ventre. Ça marche, j'ai pensé. J'ai couru jusqu'aux latrines. J'ai vomi toutes mes tripes et chié liquide. Ça a duré plusieurs jours. Mais ça a pas fait revenir le sang.

La Joséphine est venue me voir quelque temps après. Alors ? elle m'a demandé. Merci, je lui ai dit. Je pensais à sa façon de m'accueillir, sans poser de questions. À l'aide qu'elle avait essayé de me donner, même si ça avait pas marché. Elle m'a serrée fort contre elle. Je suis tellement contente, elle a dit. J'ai pas osé gâcher son bonheur en la détrompant. Elle avait été si gentille.

Cet après-midi-là, la chaleur de l'été est étouffante. Sylvaine, enceinte de six mois, a les jambes gonflées et son ventre la tiraille. Elle décide de se reposer un moment au frais dans la chaumière en laissant la porte entrebâillée. Les enfants jouent dans la cour, s'amusent à dénicher les lézards réfugiés sous les pierres chauffées à blanc par le soleil. Sylvaine appose une compresse d'eau froide sur ses mollets et s'allonge sur le côté. Elle place un coussin sous son ventre pour le soutenir, en masse la peau tendue. L'enfant qu'elle porte s'éveille sous les caresses, bouge ses membres, cherche à s'étirer, se cale à nouveau, transformant le ventre de sa mère en un océan agité par de petites crêtes pointues. Sylvaine se réjouit de la présence visible de ce pas-encore-né. Elle se détend, se laisse bercer par les babillements des enfants qu'elle entend au-dehors, leurs rires de grelots. Elle ferme les yeux, juste un instant se dit-elle, pour jouir de ces sensations apaisantes : la vie qui se prépare dans le creux de son être, et la vie qu'elle a enfantée et protégée qui s'épanouit hors d'elle. Le sommeil s'invite presque aussitôt dans son corps et l'emporte au pays des songes.

Sylvaine se trouve avec les enfants et son homme à la fête des moissons. La place du village est envahie par une foule joyeuse qui tourbillonne tel l'essaim d'une ruche. Tous viennent célébrer la fin du dur labeur estival. L'ambiance est festive, chaleureuse, conviviale : musique, bal, vendeurs ambulants, public endimanché, terrasse de la taverne bondée. Andoche a hissé son fils sur ses épaules pour qu'il puisse voir le spectacle et Sylvaine se tient en retrait, la petite main de Gladie serrée dans la sienne.

La fillette se volatilise soudain. Sylvaine attrape son mari par la manche, le force à se retourner pour lui demander : « Où est mon bébé ? J'ai perdu mon bébé ! » Andoche semble ne pas entendre et continue à admirer avec Jehan le spectacle des danseurs. Sylvaine réitère sa question, mais son homme ne réagit pas, comme s'il vivait dans une réalité étrangère, inaccessible. La nourrice affolée court en tous sens, bousculant les spectateurs indifférents et répétant ces phrases : « Où est mon bébé ? J'ai perdu mon bébé ! » Elle redoute qu'une personne malveillante n'ait volé son enfant, si belle et si précieuse.

À la douleur innommable d'avoir perdu Gladie, semblable à la perte d'un membre arraché, s'ajoute un sentiment de culpabilité insupportable, celui de n'avoir pas pu, pas su protéger l'enfant des prédateurs humains.

À son réveil, Sylvaine a besoin de quelques instants pour reprendre contact avec le monde réel. Elle est soulagée de constater qu'il ne s'agissait que d'un songe malgré son réalisme saisissant, qu'elle se trouve bien dans sa chaumière par un bel après-midi ensoleillé. Par la porte entrouverte, elle entend la voix de son fils qui joue, et son doux gazouillis fait écho aux pépiements des moineaux. La jeune femme tend l'oreille mais ne perçoit aucun son signalant la présence de Gladie. Elle se lève avec précipitation, regrettant de s'être endormie au beau milieu de la journée, espérant que sa négligence n'aura pas de conséquence funeste et son cœur s'emballe déjà, mû par un sourd pressentiment.

Parvenue au seuil de la porte, elle embrasse d'un seul regard la cour minuscule : Jehan accroupi devant le poulailler, le banc de pierres adossé au muret, un chat endormi dans une flaque de soleil. Aucune trace de Gladie. La nourrice rentre pour chercher la fillette à l'intérieur. Elle l'appelle d'une voix forte, se baisse pour regarder sous la table, ouvre la maie qui sert habituellement de cachette aux enfants, bouscule les marmites et les pots de terre, secoue les draps et les couvertures du lit, fouille le berceau tout en sachant que Gladie n'est pas là, cachée dans un coin, mais refusant d'abdiquer, de renoncer à son fol espoir.

Sylvaine sent les battements de son cœur cogner contre sa poitrine comme sur un tambour sonore, s'efforce pourtant de ne pas laisser la peur l'envahir. « Vite, se dit-elle, elle ne peut pas être bien loin. » Elle se rue dans la cour, se poste devant Jehan : « Où est Gladie ? » demande-t-elle fermement. Le garçon désigne de son index tendu la barrière qui ceint la petite cour. Elle est grande ouverte. Comment cet élément décisif a-t-il pu échapper à sa première inspection ? Elle vient de perdre des minutes précieuses. « Vite, vite ! » se répète-t-elle, comme une formule capable de conjurer le mauvais sort. Elle attrape son fils, le cale sur sa hanche droite et s'avance vers la plaine. Elle est déserte.

Sylvaine rebrousse chemin, fait le tour de la chaumière et s'enfonce dans les bois qui se trouvent à l'arrière de la maison. Son regard balaye l'immensité qui s'étend autour d'elle. Les arbres gigantesques ressemblent à des sentinelles jalouses de leur secret. Tout en clamant le prénom de Gladie, elle tente de réfléchir : combien de temps a-t-elle dormi ? Un quart d'heure, une demi-heure, une heure ? Quelle distance un enfant d'un an et demi est-il capable de parcourir dans ce laps de temps ? N'est-il pas arrêté dans sa progression par quantité de choses – insectes, fleurs, feuilles – à examiner ? La fillette ne doit pas être bien loin. Elle est peut-être tombée dans un fossé, se blessant et perdant connaissance. Ou bien elle a été chargée par un sanglier soucieux de protéger ses marcassins et celui-ci l'aura abandonnée, à demi-inconsciente. À moins qu'il ne l'ait dévorée, se régalant de sa chair tendre. Sylvaine inspecte les fourrés, se maudit, culpabilité et panique se mêlent, grandissantes. Doit-elle aller chercher de l'aide au village ? Demander l'organisation d'une battue qui retournerait chaque souche creuse, chaque écorce pourrie, chaque bout de bois de mort, chaque brindille ? Mais les villageois accepteront-ils d'abandonner leurs travaux pour retrouver une petite de la Ville, qui n'est, par définition, pas une des leurs ? Ne serait-ce pas perdre un temps essentiel si l'enfant est en train de se vider de son sang ? Les charognards ne tournoient-ils pas déjà au-dessus de son corps en passe de devenir cadavre ? Sylvaine voudrait rester calme, sait qu'il le faudrait, que ses craintes ne font qu'aggraver la situation, lui faisant perdre le sens de l'orientation et la raison. Elle voudrait mais ne peut pas. L'angoisse est une lame de fond qui ondule, monte et se gonfle en une vague immense, se propage avec célérité en prenant de l'amplitude et la submerge comme un raz de marée brisant les digues de son entendement.

Les larmes brouillent sa vue. Elle ne distingue plus qu'un écran vert et brun qui l'entoure de toutes parts, muraille d'une prison mortifère. L'horizon est irrémédiablement bouché. Elle court droit devant elle, se cogne aux branches, trébuche sur des troncs moussus, se relève, glisse sur le tapis de feuilles mortes, se relève encore. Elle hurle à se faire mal : « Glaaa-die ! » appelle la disparue de toutes les fibres de son être, implore le ciel de lui rendre son enfant de lune. Jehan s'accroche tant bien que mal à sa mère éperdue, ses petits poings crispés sur son corsage. Il braille de terreur. La panique s'est emparée de lui aussi, et la mère et le fils forment un bloc dur, compact, d'angoisse solidifiée, plus résistant que le granit, plus lourd que le plomb. Ils sont perdus dans un labyrinthe de troncs, tous identiques, tous terrifiants, semblables à des gardiens pervers qui se rient de leur effroi. Sylvaine continue de courir et de hurler le prénom de la fillette, ne prend plus la peine de protéger son visage ni le corps de son fils des branchages qui griffent leurs peaux. Dans sa course affolée, elle ne sait plus si elle fuit pour les mettre à l'abri, elle et son fils, d'un danger imminent, ou pour retrouver Gladie.

Une violente contraction l'oblige à s'arrêter brutalement. Elle est coupée net dans son élan, comme si un mur invisible s'était soudain dressé devant elle et qu'elle l'avait heurté de plein fouet. Elle est projetée au sol et lâche Jehan qui roule à côté d'elle. Son ventre est devenu aussi dur que la pierre. Un long cri de douleur s'échappe de sa poitrine. À bout de souffle, elle reste étendue sur la terre humide, cherchant de ses mains son petit garçon qui hurle de terreur à quelques pas. Elle doit attendre la fin de la contraction pour avancer vers lui à quatre pattes. Elle le retrouve, s'assure qu'il n'est pas blessé et s'agrippe à lui comme s'il était un débris de bois issu du naufrage de sa raison, flottant sur une mer immense et sauvage, dérisoire bouée capable de la sauver de la noyade. Elle l'enlace si fort que le petit cherche à se dégager de cette étreinte étouffante. Un long sanglot de détresse tapi dans le fond de ses entrailles s'élève, se déverse. Comment protéger ses enfants, celui appelé à naître, celui qu'elle a mis au monde et celui qui lui a été confié par la lune ? Elle ne se sent plus capable d'une telle mission. Ses forces, son assurance, son courage l'abandonnent, la laissent démunie face à l'exigence de la vie. Elle se recroqueville contre son fils, ferme les yeux et reste prostrée, le visage enfoui dans la chevelure odorante de Jehan. Elle respire à plein nez les effluves qui émanent des cheveux de son garçon. Peu à peu, les battements fous de son cœur s'ordonnent, ses muscles se relâchent, son ventre redevient souple et vibrant.

Un bruit de feuillages se détache du fond sonore de la forêt. Sylvaine se redresse, scrute les buissons, cherche la provenance de ce chuintement. S'agit-il d'un loup affamé et squelettique qui l'observe, embusqué derrière un bosquet ? Ou simplement d'un écureuil agile qui saute de branches en branches ? Elle se figure la fillette tétanisée, assaillie par les mêmes doutes, ou plutôt en proie à une peur bien plus immense, ancestrale, celle d'être dévorée par une bête féroce, engloutie par une racine mouvante.

Cette pensée met en branle la jeune femme, agit comme un ressort qui banderait ses muscles, aiguiserait toutes ses facultés sensorielles. Elle inspire profondément, hume l'air, flaire les senteurs boisées, sent sous ses pieds la terre meuble, la vie souterraine habitée de milliers d'insectes et de vers. Elle regarde Jehan grimaçant de frayeur, essuie la morve qui lui coule du nez, choisit de devenir louve, ourse, de renoncer à l'humain en elle, de retrouver sa nature première et sauvage, pour affronter la forêt. « Vite, vite, il faut faire vite ! » s'intime-t-elle.

Sylvaine reprend son garçonnet dans ses bras, se remet en route. Elle se laisse guider par son intuition, force intérieure silencieuse. Elle avance d'un pas déterminé malgré le poids de Jehan qui lui scie l'avant-bras et la charge de son futur-né qui lui leste le ventre. Elle atteint bientôt la clairière où elle a trouvé l'enfant de lune.

Une silhouette claire se détache dans le contre-jour. C'est Gladie. Assise à l'emplacement exact où elle se trouvait nouvelle-née, sur la sépulture de sa sœur de lait, elle cueille des pâquerettes et des boutons d'or. L'Appel a retenti une nouvelle fois, non pour convoquer la jeune femme, mais pour attirer la petite fille vers la source, l'origine de son histoire. Celle du mystère de sa découverte, de son entrée dans le monde des hommes, et celle de son nom, qu'elle a reçu d'une nouvelle-née trop tôt en allée. La vieille Margot a raison, se dit Sylvaine. Il faudra qu'un jour elle sache d'où elle vient.

La fillette a terminé son humble bouquet de fleurs naïves. Elle le dépose à côté d'elle, sur l'herbe humide, comme pour fleurir la tombe de la petite morte.

Sur le chemin du retour, Sylvaine et les deux enfants flânent. La jeune femme laisse les bambins courir après les papillons chatoyants, prend le temps d'observer avec eux les gendarmes et les chenilles têtues.

Andoche les attend sur le pas de la porte. Immobile, les mains jointes dans le dos, on pourrait croire qu'il fait une pause et prend plaisir à se laisser chauffer par le soleil. Mais dans son visage grave et soucieux, ses yeux plissés scrutent l'horizon.

« Te v'là enfin ! s'exclame-t-il lorsqu'il aperçoit sa femme. Dépêche-toi donc ! »

Sylvaine s'efforce d'accélérer le pas malgré son ventre qui tire encore, s'empêtre dans sa jupe, trébuche, se retient à la barrière. « Qu'est-ce qu'y a ? T'es tout chose…

— Y a qu'on a de la visite. Ça fait un sacré bout de temps qu'on t'attend. Entre. »

Sylvaine s'arrête au seuil de la porte. La pénombre dans laquelle est plongée sa chaumière contraste singulièrement avec la lumière éclatante au-dehors, matérialisant une frontière invisible. Lorsque ses pupilles dilatées découvrent, posé sur la table, le chapeau beige de l'homme de la Ville qui lui avait permis de ne pas se perdre dans la foule, la nourrice pâlit.

L'homme, assis sur une chaise bancale, détaille Sylvaine. Il est accompagné d'une femme élégante, à la chevelure nouée en un volumineux chignon dont s'échappent des mèches folles. Sylvaine peine à reconnaître la jeune accouchée qu'elle n'avait vue que les paupières closes. Ses yeux sont d'un vert sombre, couleur de mer gorgée d'algues, et semblent perdus, flottants.

Sylvaine n'ose ni entrer ni parler, paralysée par cette visite improbable, absolument inédite. Jamais on n'a vu des gens de la Ville venir au village, encore moins dans la propre maison des nourrices. C'est toujours le meneur qui fait la liaison, par des allers-retours réguliers, entre le monde de la campagne et celui de la cité. Pourquoi ses employeurs ont-ils fait tout ce chemin pour venir jusqu'ici ? Ont-ils découvert le mensonge de La Chicane à propos du sevrage de Gladie ? Sylvaine essaie de rentrer son ventre mais celui-ci est bien trop saillant et ses efforts restent imperceptibles. Le visiteur regarde justement ce gros ballon avec insistance, de manière impudique presque, et la nourrice voudrait se dissoudre, se diluer, s'évaporer tant la honte la submerge. Les questions se bousculent dans sa tête. Viennent-ils récupérer l'argent que je leur ai volé ? Me punir pour leur avoir tu une vérité qu'ils étaient en droit de connaître ? Ou ont-ils appris que j'ai laissé Gladie sans surveillance, que j'ai failli la perdre ?

Andoche pousse sa femme vers l'intérieur.

« Ce monsieur et cette dame sont venus chercher Gladie. Prépare ses affaires. »

À ce nom, Faustine semble se réveiller subitement du long sommeil qui engourdissait ses sens et son esprit. « Gladie ? Gladie ? répète-t-elle, incrédule, en interrogeant son mari du regard.

— Vous voulez dire Aglaé, rectifie l'homme. Notre fille s'appelle ainsi. A-gla-é, insiste-t-il en détachant les syllabes.

— Oui, oui, renchérit la femme, Aglaé, c'est bien ça. Où est-elle ? »

Sylvaine et Andoche demeurent pantois. Ils ne savent que répondre, ont l'impression d'avoir à jouer le rôle des bouffons dans une mauvaise farce dont ils ne connaissent pas la trame.

« Eh bien, s'impatiente le mari, ne restez pas plantée comme ça, allez chercher l'enfant ! »

Sylvaine proteste faiblement, bafouille : « C'est que… Enfin, vous vous souvenez de la jeune fille que vous avez à votre service, Vivienne, je crois… Vous savez bien… C'est son enfant, Gladie, que j'ai en nourrissage. »

L'homme rétorque :

« Il s'agit d'un affreux malentendu. Cette catin a interverti les bébés au moment de la naissance. Elle ne voulait pas être séparée du sien, bien entendu. C'est pour cela qu'elle nous a fait croire, à mon épouse et moi-même, que l'enfant qu'elle allaitait chez nous – sous nos yeux, dans notre maison, notez bien – était le nôtre, alors qu'il s'agissait du sien. On vous a confié Aglaé par erreur, en croyant que c'était Gladie. Heureusement, nous nous sommes rendu compte de la supercherie. Et nous venons récupérer notre fille. Dépêchez-vous, allez la chercher. »

Sylvaine ne croit pas un mot de cette histoire ahurissante. Elle serait bien mal placée pour nier le phénomène de substitution d'enfants mais elle ne peut concevoir que la véhémence avec laquelle Vivienne rejetait son enfant était une feinte, une ruse destinée à berner les jeunes parents.

« Il faudrait pouvoir prouver ce que vous dites quand même… On n'échange pas deux bébés sans que personne s'en rende compte. »

Animée d'une énergie insoupçonnée, Faustine se lève d'un bond et secoue violemment Sylvaine par les épaules comme s'il s'agissait d'un pommier dont elle voulait faire tomber les fruits mûrs. « Mon enfant, rendez-moi mon enfant ! » Puis elle se jette dans les bras de son mari. « Ils l'ont mise en terre, j'en suis certaine ! Ma pauvre petite fille… Ces affreux l'ont enterrée vivante et elle étouffe dans le bois de son cercueil. Oh, ma petite princesse enfermée dans le noir sous des montagnes de terre, je l'entends qui pleure et qui appelle… » Sa voix s'étrangle dans un sanglot.

« Tout doux, tout doux, mon ange. Aglaé est ici, on va la retrouver. Tu vas la voir tout bientôt. Sortons prendre l'air. »

Andoche et Sylvaine reculent pour laisser passer le couple. L'homme soutient son épouse chancelante, l'emmène dans la cour inondée de soleil. Les enfants s'amusent à se poursuivre en riant.

« Laquelle est-ce ? » articule Faustine entre deux hoquets.

L'homme désigne Gladie qui s'est arrêtée de courir et dévisage avec curiosité ces étrangers arrivés comme par enchantement sur son terrain de jeu familier.

« Es-tu sûr ? demande timidement son épouse. Aglaé n'est pas aussi blonde.

— Certain. C'est notre petite fille, la vraie. »

L'homme s'avance vers la fillette et lui parle d'une voix qui se veut douce.

« Je suis ton père et voici ta maman. Nous venons te chercher et te ramener à la maison. »

Il esquisse un geste pour lui prendre la main, mais Gladie détale aussi vite qu'un chevreuil. Faustine essuie ses larmes.

« Tu as raison, c'est bien elle, aussi méfiante qu'une souris ! »

Elle tente d'amadouer Gladie qui s'est réfugiée sous le banc de pierres.

« Viens là ma princesse, viens dire bonjour à ta maman. N'aie pas peur, les fossoyeurs sont bien loin, je les ai chassés à coups de tisonnier, ils ne reviendront pas. Viens me voir, ma petite fille. » L'enfant ferme les yeux. La jeune femme s'en approche, l'attrape par le bras. « Trouvée ! » s'écrie-t-elle, en la soulevant du sol et en la faisant pivoter dans les airs. Gladie se débat. « Mammig ! » Faustine s'arrête de tourner, serre contre elle l'enfant qui se déchaîne de plus belle. De ses ongles terreux, la fillette égratigne le visage de la jeune femme. De très fines gouttelettes de sang perlent sur sa joue. Faustine repose précipitamment Gladie en lâchant : « Quelle diablesse ! Ce ne sont pas des manières, de griffer sa maman. »

La fillette court se blottir dans la jupe de sa nourrice tandis que Faustine tamponne sa joue meurtrie avec un mouchoir. « Rien de grave, reprend-elle en regardant le tissu souillé. Allez rassembler son trousseau. Je vous attendrai ici, au soleil. »

Sylvaine entre dans la chaumière suivie de Gladie. Elle voudrait gagner du temps mais se sent prise au piège telle une mouche engluée dans une toile d'araignée. Elle ouvre le coffre à vêtements, en retire trois robes, deux paires de bas de laine, quatre chemisettes, un bonnet, plie tous ces effets soigneusement, les range dans un sac de toile. Elle sort le livre caché sous le matelas de paille, en caresse la couverture granuleuse, pense aux paroles de la vieille Margot. Elle aimerait parler à l'enfant qui suit du regard chacun de ses gestes, la rassurer, la convaincre de suivre cette femme qui sans doute l'aimera à sa façon. Mais l'émotion qui la gagne est un caillou de la taille d'un poing, hérissé de piquants, qui déchirent la fine paroi de sa gorge à la manière d'une herse, et l'empêchent d'émettre le moindre son.

Le paquetage terminé, Sylvaine s'assoit et prend Gladie sur ses genoux. La petite fille se love contre sa nourrice, cale sa tête dans le creux du cou, enfouit une main dans le corsage pour la poser sur le sein confortable et douillet. Sylvaine se balance doucement d'avant en arrière, respirant l'odeur de l'enfant, laissant ses larmes couler sur la chevelure dorée. Elles restent ainsi un moment, silencieuses et unies.

Tendresse partagée
Enlacement complice qui dit l'amour, l'attachement abyssal
Tenir encore, serrer encore l'être aimé contre soi
Respirer l'odeur et sentir la chair vibrante
Non dans l'apaisement d'une nouvelle fois mais dans l'effroi du jamais plus
Jamais plus l'enfant choyé sur les genoux, la petite main sur le sein
Jamais plus cette magie de deux corps qui n'en font qu'un
Ultime étreinte
La dernière de toutes celles qui ont tressé ces liens inaltérables
Parachèvement d'un ouvrage tissé avec bonheur et lenteur, jour après jour
Déchirement de la séparation
Corps amputé, morcelé
Rompu, fendu

Enfin, Sylvaine chuchote à la fillette : « Je ne t'oublierai pas, mon enfant de lune. Tu seras toujours dans mon cœur et dans mes pensées. Tu es un joyau de la terre, une enfant de nuit miraculeuse. Reviens voir ta Mammig quand tu seras grande. »

« As-tu fini ? » demande Andoche en entrant. L'homme se tient à ses côtés.

« Mon épouse a les nerfs fragiles depuis un terrible événement : notre enfant est morte, emportée par une mauvaise fièvre. Ma femme est convaincue que c'est la faute de notre nourrice, la jeune fille dont vous parliez, Vivienne. Nous l'avons renvoyée. Mais cela n'a pas suffi à calmer Faustine. Elle s'est persuadée que les nourrissons avaient été échangés à la naissance et que notre enfant est encore vivante, que vous l'avez en garde.

— Et vous, qu'est-ce que vous croyez ? demande Sylvaine.

— Je crois que cette enfant est un peu la mienne, répond l'homme dans un sourire entendu. Mais cela importe peu. Si ma femme prétend qu'il s'agit d'Aglaé, cette fillette EST Aglaé. Les choses sont aussi simples que cela. »

L'homme prend son chapeau, tache beige qui se détache sur le brun noirci de la table, sort rejoindre Faustine. Celle-ci a quitté la petite cour et suivi le sentier qui s'enfonce dans la forêt. On l'entend chanter à tue-tête un air entraînant, ponctué de gloussements. L'homme la retrouve dans les sous-bois où elle esquisse des pas de danse. La jeune femme s'est déchaussée, a défait son chignon, libérant ses cheveux aux reflets pourprés qui tombent en cascade sur ses épaules.

Elle s'immobilise en apercevant son mari.

« Regarde comme c'est joli, ici ! Bucolique et champêtre à souhait. »

Elle ramasse un petit bouquet déposé au pied d'un chêne vert, le montre à son époux.

« J'ai cueilli ces petites fleurs, elles plairont à Aglaé sans doute. Est-elle prête ? Allons-nous bientôt rentrer chez nous ? Il faudra la baigner et la savonner de bout en bout. As-tu vu comme elle est crasseuse ? Ces bonnes gens l'ont nourrie, assurément, mais ils ne connaissent pas les règles d'hygiène les plus élémentaires. Soit ! Notre petite fille aura pris un bon bol d'air ici, mais il est grand temps qu'elle revienne à la vraie vie.

— Oui, oui, Faustine, tout ce que tu voudras. »

L'homme tend à son épouse ses bottines, attend qu'elle ait fini de les lacer, lui offre son bras et l'invite à retourner à la chaumière. En chemin, Faustine est intarissable. Son flot de paroles est à la mesure de son excitation, désordonnée, incontrôlable. Ses idées rebondissent, ricochent, se déclinent en cercles concentriques ainsi que les ronds formés à la surface de l'eau après qu'elle a été effleurée par un galet.

« Des tresses, il faut lui faire des tresses ! s'écrie-t-elle en applaudissant pour se féliciter de sa trouvaille. Ses cheveux sont d'un blond éclatant mais ils doivent être disciplinés. A-t-on jamais vu une petite demoiselle avec une coiffure pareille ? Une coiffure… Que dis-je ? Sa chevelure ressemble à la toison des moutons fraîchement tondus : drue, emmêlée et rêche. Un bon bain, voilà ce qu'il lui faut. Et puis un peigne fin pour démêler toute cette tignasse. Oh, j'en viendrai à bout, cela ne fait aucun doute. Et ces ongles pleins de terre, les as-tu remarqués ? J'ai frissonné en les voyant. Comme si elle avait gratté le bois du cercueil puis la terre au-dessus afin de sortir de sa tombe. Ça me glace les sangs de penser à ce qu'elle a enduré… Le noir profond et la peur immense, tu imagines ? Comme une nuit qui n'en finirait jamais de commencer. Heureusement, la voilà revenue d'entre les morts et nous allons frotter, frotter, frotter ses ongles noirs jusqu'à ce qu'il ne reste plus aucune trace ni de crasse ni de terre ni de tout cela. »

À portée de voix de la chaumière, elle crie : « Aglaé ! Aglaé ! Viens vite voir ce que maman t'a rapporté de sa promenade : un bouquet de jolies fleurs, rien que pour toi ! »

Andoche sort dans la cour, le trousseau de Gladie sous le bras. Sylvaine le suit, la fillette à la main. Tous trois regardent le couple se diriger vers eux. Faustine a accéléré le pas et agite son bouquet comme s'il s'agissait d'un talisman capable de transformer la tragédie de la séparation, la douleur inouïe du départ sans retour, en retrouvailles longtemps attendues. Elle court vers l'enfant, s'accroupit pour se mettre à sa hauteur et lui tend solennellement le bouquet.

« C'est pour toi. Aimes-tu ? »

La petite fille prend les fleurs, les observe avec intérêt et minutie, puis les donne à sa nourrice avant de rejoindre Jehan, accroupi près du poulailler.

« Tttttt.., gronde la jeune femme. On doit remercier quand on reçoit un cadeau. Vous ne lui avez pas appris les règles de politesse ? » fait-elle remarquer à Sylvaine.

Celle-ci pense au lexique restreint de Gladie qui se limite à *Mammig, Yan* – pour Jehan – *et tété.* Non, le mot *merci* ne fait pas partie de son vocabulaire. Ni *s'il te plaît*, ni *bonjour*, ni *au revoir.* À cette pensée, ses yeux s'emplissent de larmes, qu'elle s'efforce de contenir.

« Je vais vous raccompagner au village », déclare Andoche.

Faustine sautille : « Quelle bonne idée ! Quoiqu'en puisse dire mon mari, ces bois sont un véritable labyrinthe et nous serions bien incapables de retrouver notre chemin. Nous pourrons causer et vous nous raconterez les mille et une choses que notre Aglaé a vécues et faites depuis qu'elle est chez vous. Je veux un compte rendu détaillé, c'est bien compris ? »

L'homme sort de sa poche une bourse qu'il tend à Sylvaine.

« Vous ne méritez pas cet argent car vous avez omis de nous informer de votre état. Mais mon épouse tient à vous le donner, au vu de ce qui se prépare justement. »

Sylvaine observe le petit sac de peau déposé dans sa main ouverte : il lui chauffe la paume, la brûle, semble être incandescent, empli de braises ardentes, et elle maudit cet argent qui lui vole son enfant de lune chérie.

Gladie grimpe sur les épaules d'Andoche sans rechigner. Faustine crie : « Hue dada ! » puis imite le bruit d'un galop de cheval : « Tagadac, tagadac, tagadac… » L'homme soulève son chapeau en inclinant la tête pour prendre congé.

Le petit groupe s'est mis en marche. De grosses larmes semblables à des billes roulent sur les joues rebondies de Sylvaine. Elle regarde s'éloigner les silhouettes inexorablement attirées par le lointain, aimantées par un avenir où elle n'a pas de place. C'est Andoche, géant à deux têtes, qui donne le rythme, lent et déterminé, de la marche. À la manière d'un chien joyeux, avide de caresses et de jeux, Faustine tournoie autour de Gladie juchée sur les larges épaules. L'homme se tient légèrement en retrait, spectateur de la scène.

Tandis que les ombres rapetissent, Sylvaine sent, au creux de son être, les mouvements saccadés de son enfant à naître. Elle pose une main sur son ventre, le masse, cherche à contenir les assauts de son futur-né qui se tourne, se retourne, déploie ses membres comme s'il voulait sortir de la matrice, s'échapper, venir au monde en cet instant précis. Elle retourne dans la chaumière où Jehan, assis sur le grand lit, parcourt le livre, précieuse relique de sa sœur de lait.

Après l'échec de la tisane, j'ai continué à me faire des nœuds dans la tête sans trouver de solution. Je me suis abrutie au travail pour pas que ça se remarque et c'est ça qui m'aidait à trouver le sommeil. La Zaïg est enragée, ils disaient les autres, elle abat autant de besogne qu'un homme qui cherche un parti. Je serrais les dents pendant qu'ils rigolaient à me voir trimer comme une forcenée. Y a que Maé qui riait pas. Il avait l'air triste, mais je pouvais rien pour lui. Il avait plus cherché à me parler depuis le rendez-vous où j'étais pas allée. Et moi, j'évitais toujours son regard. Je voulais pas qu'il lise la vérité dans mes yeux.

Ce jour-là, j'ai été prise d'une furieuse envie de chier et au lieu de me cacher derrière un bosquet comme j'aurais fait d'habitude, je me suis éloignée le plus que j'ai pu. Je savais que j'allais mettre bas même si j'aurais pas pu le dire avec des mots. Ma tête s'était envolée dans les nuages qui étaient d'un beau gris cendre. Je m'en souviens parce qu'ils filaient à toute allure et que j'essayais de les rattraper. Y avait que ça qui comptait. Avancer aussi vite que les nuages malgré le lourd sac de blé que je portais en moi et qui demandait qu'à se percer et s'évider sur le sol.

Je suis passée devant l'étable de mémé, puis la maison de Joséphine. J'étais à bout de forces quand je suis arrivée à la limite du hameau. Je suis entrée dans les cabinets de la petite sans réfléchir. Il fallait pas qu'on me voie, c'est tout ce qui importait. Je me suis mordu les lèvres jusqu'au sang pour pas hurler. Fallait pas qu'on m'entende non plus.

Quand le bébé a glissé hors de moi, j'ai eu peur qu'il crie et me fasse repérer. Par réflexe, j'ai voulu coller ma main sur sa bouche pour le faire taire au cas où. Je voulais pas le regarder alors j'ai cherché à l'aveugle. Il était tout visqueux. Sa tête était tellement petite que ma paume lui mangeait tout le visage. J'ai poussé fort une dernière fois pour faire sortir la membrane.

Il a glissé presque tout seul dans le trou.

Avant de sortir de ma cachette, j'ai vérifié qu'y avait personne dans les parages. Je suis allée au puits frotter mes mains toutes poisseuses. J'ai bu de longues goulées. J'ai renversé un seau entier sur ma tête. Mais ça l'a pas fait revenir. Elle cavalait toujours dans le ciel à la poursuite des nuages.

À mon retour, les autres m'ont moquée. Où est-ce qu'elle était passée la Zaïg ? ils ont dit. Elle est bien rouge et décoiffée ! Elle serait pas allée fricoter ? Et ils ont ri.

L’enfant de vent

C'est nuit de tempête.

Le vent s'est levé au crépuscule dans une brise légère. Il a dispersé les feuilles mortes, les faisant voltiger en une danse désordonnée, un ballet désarticulé. L'herbe des champs ondulait sous sa caresse énergique. Après avoir louvoyé de bruissements en gémissements, la tempête s'est déchaînée aux premières heures de la nuit. Les bourrasques ont fait ployer les branches des arbres les plus robustes comme une main invisible qui aurait voulu en éprouver la solidité. Les rafales se sont succédé, déversant dans leur sillon des trombes d'eau qui semblaient vouloir noyer le sol de leur afflux. Les êtres vivants ont fait silence et l'on n'entendait plus que le vent mugissant, les craquements des bois bousculés, le martèlement de la pluie. Tous se sont calfeutrés à l'abri des assauts impétueux de la tempête, soumis à une peur confuse et immémoriale. Mais l'air tourbillonnant s'est engouffré dans les maisonnées et dans les têtes, rendant fous les hommes et les bêtes.

Dans la chaumière du bûcheron, Sylvaine se lève d'un bond, déversant une flaque d'eau tiède à ses pieds. Ensommeillée, elle tarde à comprendre qu'elle vient de perdre les eaux. Elle veut aller chercher un torchon pour éponger quand la première contraction, intense, douloureuse, la plie en deux. Son ventre durcit comme du granit, devient un bloc de pierre qui lui cisaille le bas du dos. Aucun doute, elle vient d'embarquer dans le voyage de l'enfantement. Elle pressent qu'il sera fougueux et impétueux, à l'image de la tempête qui rudoie, houspille, malmène la forêt au-dehors. Le goût acide de la peur tapisse sa bouche. Il lui faudra sortir ce bébé de son corps, s'ouvrir démesurément, excessivement, à la limite du concevable, créer une béance en elle, un passage. Pour conjurer l'effroi, elle convoque la puissance ancestrale des générations de femmes qui l'ont précédée, myriades de mères en devenir qui ont sillonné l'océan qu'elle s'apprête à traverser. Que leurs expériences individuelles l'accompagnent et la guident tels des phares dans cette navigation solitaire.

Vite, elle réveille Andoche qui ronfle pesamment malgré le vacarme au-dehors, le presse. Il doit s'habiller, aller chercher la vieille Margot en emmenant Jehan avec lui. Le bûcheron proteste, tente de négocier. Avec une telle tempête, il est plus raisonnable de se rendre au village. Il y trouvera sûrement une matrone prête à venir l'assister dans l'accouchement. Sylvaine insiste, c'est Margot qu'elle veut avoir à ses côtés, pas une commère qui la gênerait plus qu'elle ne l'aiderait par sa présence intrusive. La vieille femme sait au contraire se tenir à juste distance, soutenir d'un geste, d'une parole, être le filet qui empêche la chute libre, la corde qui retient, évite de tomber dans le précipice. Sylvaine parle avec fermeté, elle ne s'est jamais montrée aussi déterminée face à son mari qui d'ordinaire décide de tout.

Andoche hésite. Le vent et la pluie tambourinent contre le toit, la porte, les carreaux et il semble que l'air et l'eau veulent pénétrer coûte que coûte dans la maison, qu'ils finiront par forcer l'entrée si celle-ci leur reste obstinément close.

Une nouvelle contraction surgit. Sylvaine s'agrippe à la table, enfonce ses ongles dans le bois poli, se mord la lèvre pour étouffer le râle qui monte du fond de ses entrailles, pose son front sur le rebord, jambes écartées et dos étiré. Pour tenter de desserrer le carcan de fer qui lui broie le buste, la cilice qui lui meurtrit la chair, elle ondule, fait des mouvements circulaires avec son bassin. Andoche se sent démuni face à l'expression de la vie dans sa puissance, son mouvement, son œuvre. Ce qui se joue devant lui l'effraie, il a hâte, soudain, de partir. Il enveloppe

Jehan à peine éveillé dans une couverture et le place dans un panier qu'il portera sur son dos.

Dès que l'obscurité de la nuit a avalé son mari et son petit, Sylvaine se sent soulagée. Elle n'est plus obligée de se maîtriser, peut enfin geindre sans retenue, être tout entière à elle-même. Elle relève sa chemise de nuit jusqu'à la taille, la noue sur le devant, s'agenouille, coudes en appui sur le sol.

L'orage se décide enfin à éclater. Longtemps contenu, il explose avec brutalité et fureur. Un éclair illumine la pièce et presque aussitôt, le tonnerre rugit. La porte s'ouvre avec fracas. Sylvaine se relève, peine à refermer l'huis, lutte contre la résistance têtue du vent, s'arc-boute et pèse de tout son poids dédoublé, le sien et celui du petit qui demande à naître en cette nuit de furie.

Commence alors son long voyage en solitaire vers un territoire inconnu des confins duquel elle ramènera son enfant. Courageuse, elle vogue sur l'océan tumultueux des contractions, vagues successives qui lui arrachent des plaintes rauques. Durant les pauses qui lui semblent de plus en plus courtes, elle s'allonge par terre, frissonnante, tâche de ne pas penser au prochain spasme qui sera peut-être encore plus long et douloureux. Elle supplie mentalement son bientôt-né de participer avec elle à l'enfantement, de faire sa part en se laissant porter par chaque élan, de ne pas résister aux pressions mais de les prendre pour guide afin de quitter son abri devenu inhospitalier et de venir au monde.

Les contractions, très rapprochées, ont atteint leur paroxysme. Sylvaine n'entend plus l'orage qui n'en finit pas de gronder au-dehors. Le temps et l'espace sont abolis. Il lui semble qu'elle est naufragée depuis toujours dans cette mer de souffrance, frêle embarcation brisée par les eaux déchaînées. Le désespoir l'envahit. Elle n'y arrivera pas, n'est pas assez forte, ne peut en supporter davantage. L'intensité de la douleur l'a vaincue. Elle renonce et accepte de mourir. Tremblante de froid, elle parvient à se hisser sur le lit, s'y allonger. Elle sombre aussitôt dans un sommeil léthargique.

Quand la vieille Margot arrive, détrempée par la pluie, elle trouve Sylvaine allongée en chien de fusil, à demi consciente. Elle comprend que le travail d'ouverture est achevé, que l'expulsion est imminente. Elle recouvre la nourrice d'une couverture et la laisse profiter de cette accalmie, de ce répit nécessaire avant le grand moment de la double naissance, celle du nouveau-né qui vient au monde et celle de la femme qui deviendra mère de cet enfant-là. Discrètement, elle prépare des langes, apporte un verre d'eau à Sylvaine puis lui chuchote à l'oreille : « Je suis là. Lève-toi à la prochaine contraction. » La nourrice gémit doucement pour signifier qu'elle a compris. Là où elle se trouve, les mots se sont retirés, seules les sensations existent. Elle se relève à demi pour boire avant de se laisser retomber mollement sur le lit. Mais presque aussitôt, une des ultimes contractions survient.

Obéissant au conseil de l'accoucheuse, Sylvaine se lève, tâte son entrejambe qui dégouline de sang et de fluides mêlés et ses doigts rencontrent la tête chevelue de son presque-né. Agrippée au montant du lit, elle accompagne la poussée d'un cri terrible, inouï, qui recouvre le vacarme de la tempête et lui semble venu d'une part inconnue d'elle : cri d'effroi devant la vie qui s'avance, souveraine, effarante ; cri de puissance révélée, celle d'enfanter, de mettre au monde ; cri de douleur causée par le cercle de feu, brûlure intense imprimée par le crâne de l'enfant qui franchit l'orifice de la vulve et menace de déchirer la peau trop fine, distendue au maximum. La tête du nouveau-né qui peinait à franchir le goulot du vagin glisse comme un anneau huilé qui aurait buté sur une jointure de phalange. Un éclair, suivi d'un roulement de tonnerre assourdissant, plonge la pièce dans une lumière aveuglante. Accroupie, la tête du bébé entre les jambes, Sylvaine ressemble à une chimère étrange, un être hybride à deux visages.

La dernière poussée fait sortir le reste du corps. Sylvaine attrape son nourrisson, le serre contre elle dans un sanglot bruyant. Elle le tient fermement, pleure de joie intense, de soulagement, murmure des mots d'amour déjà. Elle le regarde enfin, le contemple avidement pour combler l'attente de tant de temps. Instant vertigineux de la rencontre avec cet autre que l'on croyait soi. Le nouveau-né fixe sa mère sans ciller, découvre celle qui l'a enfanté, ouvre la bouche en grand comme s'il allait parler et pousse un cri énorme, semblable au rugissement rocailleux d'un animal sauvage dérangé dans son repaire. Au moment précis où ce grognement formidable retentit, la tornade tombe d'un coup, comme si elle avait déserté la forêt alentour pour venir s'engouffrer tout entière dans ce corps minuscule, logeant son œil creux au centre du thorax du nouveau-né.

« C'est un petit gars bien vigoureux, déclare Margot. Comment l'appellera-t-on ?

— Avel », répond Sylvaine.

L'enfant de vent est né
Dans la nuit d'orage, il a avalé la tornade
Il sera
Puissant comme les colosses d'antan
Violent comme les tyrans

L'enfant de vent est né
Tremblez
Devant sa force contenue
Tremblez
Devant son apparence inoffensive, son innocence
éclatante
Il apporte chaos, doutes, confusion
Questionne les habitudes
Bouscule les certitudes

L'enfant de vent est né
Et porte en lui tous les possibles

Sylvaine sent les contractions de la délivrance approcher. Elle pose le nourrisson sur le lit, se met à quatre pattes au-dessus de lui, Margot installe une bassine entre ses jambes. Une ultime poussée expulse le placenta. La vieille femme le recueille et le place dans un panier tapissé de feuilles. Elle ligature le cordon avec un fil de coton puis le tranche à l'aide d'un couteau aiguisé. Elle baigne ensuite Avel à l'eau chaude. À cause des braillements du bébé, on entend à peine la vieille femme fredonner des incantations, litanie mystérieuse destinée à protéger l'enfant des puissances mortifères, le soustraire à l'appétit vorace de la Faucheuse.

Quand le bébé propre et emmailloté retrouve les bras de sa mère, le silence de la tempête en allée les enveloppe tous deux dans un cocon ouateux.

Cette même nuit d'ouragan et de naissance, dans la ville bousculée par le vent tempétueux, Aglaé se réveille en sursaut au grondement du tonnerre. Elle appelle à grands cris sa Mammig. Faustine se lève d'un bond, se précipite vers le berceau où est assise l'enfant apeurée. « Que se passe-t-il ma princesse ? Es-tu malade ? As-tu de la fièvre ? » La jeune femme touche anxieusement le front de la fillette pour en vérifier la température. Rassurée par la tiédeur de la peau satinée, elle murmure : « Ce n'est rien mon ange, juste un peu d'orage qui fait boum boum. Rendors-toi ma petite, sinon tu seras fatiguée demain. Ta maman est là et veille sur toi. »

La mère allonge l'enfant, lui caresse le visage, en dessine tendrement les contours du bout des doigts, chuchote :

« Je vais te raconter une histoire pour que tu fasses de beaux rêves.

Il était une fois une jolie princesse, la plus belle que la terre ait jamais portée. C'était un tout petit bébé, absolument parfait, avec cinq adorables doigts à chaque main et cinq adorables orteils à chaque pied. Ses cheveux châtain foncé étaient aussi soyeux que le duvet d'un petit moineau, et sa peau, d'un rose tendre, aussi douce qu'une pluie d'été. Sa maman l'aimait très fort, d'un amour fou et infini. Tous les jours, elle lui parlait longuement et l'embrassait, la berçait et la cajolait. Mais elle devait laisser une vilaine nourrice lui donner le sein. C'est que la mère d'une petite princesse ne peut pas allaiter, tu comprends ? Son mari le lui défendait et c'est le cœur gros qu'elle regardait cette méchante femme, qui avait pris l'apparence d'une mince jeune fille, donner la tétée à sa petite merveille.

Un jour, enfin, l'enfant chérie n'eut plus besoin de téter. Elle refusait le mamelon et préférait manger de la bouillie d'avoine mêlée à du lait de brebis. Vexée, la nourrice insistait et présentait tous les jours son sein à la princesse qui le rejetait. C'est alors que cette ignoble sorcière jeta un sort à la fillette. Elle lui envoya une mauvaise fièvre qui la brûlait et la consumait de l'intérieur, comme des braises sans cesse attisées par le vent.

La maman comprit que le mal venait de cette méchante femme et la renvoya aussitôt. Elle espérait que le sortilège disparaîtrait quand la sorcière aurait quitté les lieux. Mais la maladie s'était enracinée trop profondément et le feu continua de brûler à l'intérieur de l'enfant, mangeant ses organes un par un. La maman fit venir les meilleurs médecins mais aucun ne put trouver un remède. Elle resta au chevet de la princesse tout le temps de son agonie. Elle lui apposait des compresses froides, lui tenait la main, lui chantait des chansons. La princesse luttait de toutes ses petites forces mais elle n'était pas de taille à vaincre un sortilège aussi puissant. Elle mourut. Il fallut l'enterrer. On la plaça dans un tout petit cercueil de bois blanc dont on cloua le couvercle à grands coups de marteau qui étaient comme des pieux enfoncés dans le cœur de la maman désespérée. Celle-ci n'eut pas le courage d'assister aux funérailles de sa fille mais elle entendit distinctement, exactement comme si elle y était, le bruit mat et sourd des pelletées de terre qu'on jetait sur la bière. À la fin, il ne subsista qu'un monticule de terre, un renflement sur lequel on apposa une croix métallique gravée de l'épitaphe : *À l'enfant aimée, trop tôt disparue.*

Quelques jours après ce funeste événement, la maman entendit sa princesse l'appeler. La petite fille s'était réveillée de son étrange sommeil qui ressemblait à la mort et elle grattait, grattait de ses ongles qui saignaient, l'intérieur du cercueil pour en sortir. Le couvercle était bien fermé – on l'avait scellé à grands coups de marteau, blang blang, tu te souviens ? – et tous ses efforts étaient vains. L'enfant hurlait de terreur, étouffait sous cette butte de terre lourde comme un ours. Sa maman vint la secourir. À mains nues, elle creusa la sépulture encore fraîche, se laissant guider par les petits coups de poing qui résonnaient sous le couvercle. Quand elle parvint enfin à dégager le cercueil, elle empoigna la croix de fer et l'utilisa comme levier pour ôter la partie supérieure. Elle s'agenouilla, se baissa, hurla de terreur en découvrant le visage de son enfant dévoré par les vers. Ses orbites étaient creuses, sa peau violacée. Seule sa chevelure satinée lui rappelait l'enfant admirable qu'elle avait été. La maman sanglotait : « Mon enfant, mon enfant chérie ! Qui t'a fait une chose pareille ? Il va falloir te laver et te savonner de bout en bout. »

« Voilà comment tu es revenue d'entre les morts, ma princesse, et je ne laisserai plus personne, jamais, t'enfermer dans un horrible cercueil. Fais de beaux rêves maintenant, mon cher ange. » Faustine dépose un baiser sur le front d'Aglaé qui s'est endormie, la tempête étant subitement tombée.

Le lendemain, Aglaé se réveille à l'aube. La tourmente de la veille a rincé le ciel à grande eau, le teintant d'un bleu très clair, presque décoloré. La fillette joue avec ses mains en babillant doucement. Dérangée dans son sommeil, Faustine bougonne, tire la sonnette des domestiques, se retourne en ramenant la couverture sur sa tête. Lucienne, vieille servante aux cheveux blancs impeccablement noués, ne tarde pas à arriver. Sans dire un mot, elle prend l'enfant dans ses bras et l'emmène au rez-de-chaussée. Elle n'ouvre la bouche que dans la cuisine pour prévenir Aglaé : « Ta mère est dans un mauvais jour. Il faudra être bien sage surtout, et ne pas l'énerver ou la déranger. » La toute petite fille et la très vieille femme, comme deux extrémités d'une même chaîne, passent la matinée en compagnie l'une de l'autre. L'enfant observe la servante alimenter le foyer, éplucher les légumes pour le repas, les laver, les découper. Lucienne autorise Aglaé à ramasser les épluchures, plonger ses mains dans l'eau froide, jouer avec le balai de paille. Ce n'est que vers midi que le silence est rompu par une longue plainte qui résonne dans la cage d'escalier. « Aglaéééé... » La dernière syllabe s'allonge, s'étire en une note aiguë, reste suspendue, s'amenuise, périclite. L'enfant et la vieille femme se raidissent à cet appel, supplique désespérée d'une âme fissurée, et la fillette court se cacher sous la table. La servante se penche difficilement, essaie de convaincre la petite fille : « Allez mon petit, monte voir ta maman. » Butée, l'enfant reste assise sous le meuble, secoue la tête et croise les bras sur sa poitrine en signe de refus. La voix implore à nouveau : « A-gla- éééé... » Lucienne soupire, essuie ses mains abîmées sur son tablier taché, se contorsionne pour attraper la petite fille. « Viens, il est temps d'aller dire bonjour à ta mère. »

Dans la chambre, Faustine est encore allongée dans son lit. Sa longue chevelure fait penser à des coulées de lave refroidie. La jeune femme tend les bras vers l'enfant et mendie :

« Viens ma princesse, viens embrasser ta maman. J'ai bien besoin de toi aujourd'hui car je suis triste comme une tombe. Viens me consoler et chasser ces sombres pensées qui sont comme de gros nuages qui me cachent le soleil. »

Aglaé se cramponne au corsage de la servante, refuse de quitter les bras de celle-ci pour entrer dans l'étreinte de vautour qui l'attend. Lucienne la réprimande : « Il faut obéir à ta mère ! Va l'embrasser. » Alors que la petite fille se débat, Faustine éclate en sanglots, hoquette : « Je suis un monstre qui fait peur à son propre enfant…

— Tu fais de la peine à ta maman, regarde ! Allons mon petit, suffit les caprices. Sois gentille maintenant. »

Lucienne installe l'enfant de force sur les genoux de Faustine. Celle-ci s'agrippe aussitôt à Aglaé, l'enserre de ses bras maigres et avides comme les longues pattes d'une tarentule, plonge sa tête dans le cou fragile de la fillette, la supplie dans un gémissement : « Je suis bien malheureuse. Console-moi. » Aglaé crie, cherche à se défaire de cette emprise étouffante, reste prise au piège.

La servante quitte la pièce, théâtre d'une lutte sinistre entre une mère qui force, oblige et un enfant qui résiste, se défend, se protège. Faustine finit par abdiquer et relâche l'enfant qui détale aussitôt, s'enfuit de la chambre maudite.

Lucienne remonte quelques minutes plus tard, apportant un bol de soupe sur un plateau. « Voilà un bon potage qui vous fera du bien. »

Faustine se lève brusquement, le regard chargé d'une colère infinie à l'égard de cette vieille servante idiote, de l'enfant qui refuse de lui donner ce qu'elle veut, de la vie qui la traite si injustement. Elle renverse le bol d'un revers de main. L'épais breuvage s'écoule sur le tapis comme du sang coagulé. « Une soupe, siffle-t-elle. Tu crois que c'est de ça dont j'ai besoin, une soupe ? » Lucienne bat en retraite.

À peine a-t-elle fermé la porte de la chambre qu'elle entend les objets se fracasser contre les murs. Faustine mène un combat furieux contre un ennemi invisible, arrache les rideaux, déchire les tentures, mord les coussins, frappe les meubles, crache, vocifère, hurle. Sa hargne tente de trouver un support sur lequel se concentrer, s'esquinter, s'user, une chose à anéantir mais le monstre est tapi à l'intérieur d'elle et rien ne peut soulager cette violence insoutenable. Haletante et hirsute, Faustine sort de sa chambre comme une harpie. « Où est-elle ? Où est-elle ? Tu vas me le payer, sale petite garce ! » menace-t-elle en dévalant l'escalier.

L'enfant s'est terrée dans le cellier adjacent à la cuisine. Elle a peur du noir et des araignées mais plus encore de cette femme furie. Elle se recroqueville dans le coin le plus obscur de la pièce, se retire à l'intérieur d'elle-même comme un bernard-l'hermite dans sa coquille, là où personne ne peut l'atteindre. Elle s'absente en elle-même, érige une palissade entre le monde, les autres et elle. Fermer les yeux pour ne plus avoir peur ni du noir, ni de cette ogresse qui veut la dévorer. Ne pas faire de bruit. Ne pas bouger. Devenir statue. Ne plus entendre les cris qui n'en finissent pas de hurler son faux nom. Chantonner silencieusement. Que la mélodie intérieure étouffe les hurlements de la folle qui appelle. L'enfant grelotte. Ne pas sentir l'air froid et humide qui suinte des murs. Se recoquiller encore un peu plus, trouver la chaleur en soi. Aller loin, très loin au-dedans de soi.

La crise de Faustine est passée. Le regard vide, la jeune femme se balance d'avant en arrière dans une chaise à bascule, telle une convalescente. Lucienne est occupée à ramasser, nettoyer, ranger, effacer les traces du carnage, brutal et fulgurant. Aglaé préfère attendre encore même si les cris se sont tus et que résonnent à présent les bruits familiers du grand nettoyage. Elle pense à sa Mammig, non dans un souvenir précis mais dans une réminiscence d'un être-lieu où il faisait bon vivre. Un corps comme un territoire préservé, protégé, où rien de dangereux ni rien de menaçant ne pouvait arriver. Sensation délicieuse d'être en sécurité. Absolument.

Quelques heures après la naissance du petit Avel, Andoche quitte la chaumière dans la clarté balbutiante du jour. Bardé de ses outils – hache, scie, serpe – il se met en route vers le village, pressé de mesurer les dégâts qu'il n'a qu'entraperçus la veille, en allant chercher la vieille Margot. La tempête, d'une violence rare, a ravagé la forêt. Comme au lendemain d'une bataille, le sol est jonché de cadavres végétaux : ce ne sont partout que feuilles mortes rouge sang, ramilles déchiquetées, frondaisons entières arrachées. Dans les arbres, des branches à demi sectionnées pendent dans le vide et se balancent lentement, menaçant de tomber à tout instant. Les troncs ébranchés dressent leur silhouette effroyable tels des mutilés semblant narguer ceux qui, moins chanceux, ont été déracinés et gisent sur la terre, la souche et les racines exhibées.

Certains arbres ont été arrêtés dans leur chute par un houppier voisin qui les maintient dans un équilibre incertain. Ils rejoindront bientôt les troncs couchés au milieu des bois. D'autres forment au-dessus du chemin un pont diagonal, périlleux et éphémère, prêt à s'écrouler au moindre souffle. Le bûcheron n'a jamais vu un tel carnage et frémit à l'idée de la tâche colossale qui l'attend.

Il presse le pas, croise deux villageois venus, tels des charognards, profiter de l'aubaine : il n'y a qu'à se baisser pour récupérer les branches offertes par la tempête et faire réserve de bois de chauffage. À mesure qu'il approche du village, l'odeur de bois calciné lui emplit les narines. Dès qu'il sort de la forêt, un spectacle ahurissant le cloue sur place. Un immense flambeau incandescent couronné de branches intactes rougeoie sous un ciel d'aurore ensanglanté. Le grand chêne centenaire qui trône au centre de la place brûle de l'intérieur, le tronc dévoré par les flammes. Foudroyé par l'éclair, il a pris feu dans le creux de son être et se consume dans un brasier ardent. La chaleur et la fumée ont tracé un cercle invisible autour de ce bûcher, frontière aux murailles infranchissables.

Sur la place, c'est une confusion de corps et de cris, un chaos bruyant et tumultueux : les uns aspergent les façades et les toits des maisons alentour pour qu'elles ne s'embrasent pas si l'incendie courait jusqu'aux branches. Leurs habitants ont déjà commencé à sortir leurs biens les plus précieux si bien que meubles, coffres et besaces s'entassent sur le pavé. Les autres se lamentent en prétendant que les forces malfaisantes sont venues punir le village coupable de s'enrichir grâce au lait des nourrices et à la traite des nouveau-nés. Ils s'arrachent les cheveux, se frappent la poitrine, tombent à genoux en psalmodiant des litanies occultes, annoncent la levée prochaine du vent qui propagera l'incendie aux habitations voisines. Les plus sensés tentent d'éteindre le brasier avant qu'il n'atteigne les branches maîtresses et ne transforme l'arbre entier en une torche géante. Ils lancent des seaux d'eau sur le fût incandescent qui s'insurge en sifflant, crépitant et crachant une fumée âcre et épaisse. Andoche dépose ses outils et se met aussitôt à l'ouvrage. Il rejoint la file d'hommes et de femmes qui font la chaîne du puits à l'arbre enflammé, se passant inlassablement des seaux et des bassines remplies d'eau.

Toute la matinée, les hommes luttent contre le bûcher ardent. Ce n'est qu'à midi que l'incendie est enfin terrassé. Il rend l'âme dans un dernier souffle, en poussant un long soupir, fumée noire qui fait suffoquer les spectateurs venus assister à son agonie. Le visage couvert de suie, les valeureux résistants contemplent le tronc calciné, complètement creusé, encore fumant et chaud, empli de braises éteintes.

La femme de l'aubergiste les invite à se reposer et reprendre des forces dans la taverne. Elle leur apporte de l'eau chaude pour se laver, leur offre du pain et des pichets de vin. Les convives mastiquent, boivent à longs traits, se taisent. Tous sont sous le choc du déchaînement violent des éléments – eau, vent, feu – qui a saccagé la vallée ces dernières heures.

L'aubergiste prend la parole :

« Sacré coup de vent et de tonnerre ! Je me souviens pas que ça ait déjà soufflé comme ça. On aurait dit qu'une main géante secouait tout le village pour le mettre sens dessus dessous. Ma femme n'en menait pas large. Elle est dure à l'ouvrage et c'est pas le travail qui lui fait peur. Peu importe le nombre de clients, elle est jamais effrayée par la préparation des repas ou la montagne de vaisselle qui s'accumule, mais la tourmente de cette nuit, c'était une autre paire de manches. Elle tremblait comme une feuille et s'est même cachée sous le lit. Elle m'a demandé d'aller voir par la fenêtre si notre toit était encore bien accroché : elle craignait qu'il s'envole comme une pelure d'oignon. Les femmes, c'est drôle quand même… Mais comme je voulais pas avoir d'histoires et que j'étais curieux du spectacle, je me suis levé et c'est là que le tonnerre a éclaté. Au même moment, la foudre est tombée sur le chêne, paf ! d'un seul coup, juste au milieu, comme si l'éclair voulait couper l'arbre en deux, d'un coup de lame de rasoir.

Ça a illuminé toute la place et c'était rudement beau à regarder… J'ai attendu un moment pour voir si le vieux chêne avait supporté le choc. Il tenait toujours debout. J'ai pas vu que le feu s'était mis dedans. Ça a dû arriver tout doucement. Une étincelle de rien du tout sans doute qui se sera nichée dans le tronc creux. Après cet éclat du tonnerre, tout est tombé d'un coup. Ça faisait tout drôle cet énorme silence après ce fichu vacarme. Je suis retourné me coucher auprès de ma femme pour la rassurer mais j'ai mis du temps à m'endormir. Je pensais aux arbres qui étaient tombés, aux dégâts et aux victimes qu'on compterait peut-être aujourd'hui. Réveillé à l'aube, je suis aussitôt sorti pour aller voir l'écorchure que l'éclair avait sans doute laissée sur l'arbre. Dès le pas de ma porte, je l'ai vu. Le chêne en feu. Une vision d'apocalypse… Les cheveux m'en sont dressés sur la tête, j'ai pas pu faire un seul mouvement. L'arbre flambait tranquillement de l'intérieur. Comme si le tronc était un âtre et que les branches au-dessus étaient l'ornement du foyer. »

La femme de l'aubergiste intervient.

« Arrête avec ton histoire. C'est bien joli de raconter ce que t'as vu, mais faudrait peut-être se demander pourquoi tout ça est arrivé. Tu sais pas lire les signes, mais moi, je les vois bien. On peut pas dire que c'est juste le fruit du hasard. Le chêne, il était déjà là du temps de mes aïeux. C'est le gardien du village depuis toujours. Ma grand-mère, qui était la mémoire vivante du village, paix à son âme, m'a dit qu'on avait choisi de construire des maisons autour, parce qu'il apportait le calme. Suffit de regarder ceux qui s'amassent dessous, surtout des femmes et des enfants. C'est un aimant qui attire les bonnes gens. Il a failli y passer cette nuit et je vais te dire pourquoi. C'est un avertissement pour nous tous, tu m'entends. Il nous met en garde. Le cimetière déborde des petites tombes des Trouvés. La moitié des femmes a disparu et l'autre peine à s'occuper d'une marmaille qui pousse comme la mauvaise herbe dans les champs. Y a trop d'argent sale, par ici, depuis que le meneur fait son trafic.

— Allons, allons, tout doux ma bonne femme.

— Laisse-moi finir. Qui profite de ce commerce, dis-moi ? Sûrement pas celles qui devraient. Elles s'échinent du matin au soir, et la nuit aussi, parce qu'il faut pas croire qu'un nourrisson vous laisse dormir tranquillement tout votre saoul. Ça non, il vous réveille sans cesse. Et le matin, il faut se lever quand même, s'occuper des plus grands, faire la mangeaille pour tous. Regarde les nourrices. On dirait des fantômes tant elles en peuvent plus de fatigue. Et l'argent qu'elles gagnent, il va où dis-moi ? Dans la poche de cet ivrogne de meneur et dans celles de leurs maris qui s'enivrent aussi.

— Suffit ! Retourne dans ta cuisine au lieu de nous casser les oreilles. » La femme de l'aubergiste quitte la salle, les poings serrés.

Andoche commande d'une voix forte : « Apporte-nous de la gnôle ! J'ai un nouveau petit gars. Avel, qu'il s'appelle. Ma femme a accouché cette nuit. »

L'eau-de-vie coule dans les verres et les sourires s'échangent tandis que l'on trinque en félicitant le bûcheron. Enfin une nouvelle réjouissante. Le petit et la mère vont bien, c'est une bonne chose ça. Un signe aussi peut-être.

De nombreux villageois attendent Andoche à la sortie de l'auberge. Tous lui demandent de l'aide, font appel à son savoir-faire et son expérience, expliquent en détail l'ampleur des dégâts : toits éventrés, étables défoncées, granges transpercées, maisons menacées par la chute d'un arbre branlant. Malgré l'afflux des demandes, le bûcheron garde la tête froide. Il dresse un état des lieux des dommages en faisant le tour du village, évalue, hiérarchise les risques. La route qui mène à la Ville est obstruée mais Andoche juge que le rétablissement des voies de communication n'est pas prioritaire. Pour l'heure, il faut protéger les constructions des arbres essouchés et des ramures chancelantes qui pourraient causer de nouvelles dégradations. Il passe l'après-midi à grimper, ébrancher, tailler, scier, abattre, et ne rentre qu'au crépuscule, épuisé.

À peine a-t-il ôté sa veste qu'Avel, qui avait été calme tout le jour, s'agite et gémit. À ses premiers cris, le vent se lève. Sylvaine dégrafe son corsage, lui propose son sein gorgé de lait. Le nouveau-né refuse de téter et pousse une longue plainte, reprise en écho par la lamentation de la bise au-dehors. Sa mère le berce, le cajole, lui fredonne une berceuse. Le nourrisson hurle, braille, beugle, rugit et son teint vire à l'écarlate, au rouge cramoisi. L'exhalation de sa bouche vagissante se propage à l'extérieur et se déchaîne dans la nuit, cassant tout ce qui peut être cassé, brisant tout ce qui être brisé. Sa colère grossit en même temps que le vent qui siffle et tourbillonne, explose et tonne.

Andoche pâlit en se représentant la danse folle des arbres, frémissant jusqu'à la cime, se balançant au rythme saccadé des bourrasques, oscillant comme des mâts sur une mer houleuse, tanguant dangereusement d'un côté puis de l'autre jusqu'au moment où, vaincus par la frénésie endiablée du tempo, ils chuteront dans un fracas assourdissant.

Inquiet, il sort mesurer la force de la tempête. Le spectacle est saisissant : en toile de fond, des nuages d'un gris cendré aux formes gigantesques, immenses arabesques alourdies de pluie et d'électricité, au bord de l'implosion, défilent à toute allure, rivalisent de vitesse dans une course effrénée et sur le devant de la scène qu'illuminent les éclairs éblouissants, les arbres dansent une chorégraphie funeste, terrifiante et fascinante, comme délestés de l'apesanteur, affranchis de la gravité qui les maintient rivés au sol. Le vent hurle sa mélodie, cadencée par la grosse caisse du tonnerre.

Dès qu'Avel, exténué par ses cris et vociférations, sombre dans le sommeil, la tourmente tombe à la manière d'un lourd rideau de velours.

Faustine passe l'après-midi à se balancer sur sa chaise à bascule. Elle sort de sa léthargie aux premières lueurs du crépuscule, alors que le vent se lève de nouveau. Comme un jouet mécanique qu'on aurait remonté avec une clé pour le mettre en mouvement, elle saute sur ses pieds et se précipite à la fenêtre. Le ciel s'est embrasé sous les rayons flamboyants du soleil, disque jaune vif peu à peu avalé par les toits rougeoyants à l'horizon. Le vent fait virevolter les feuilles mortes devant les façades des maisons teintées de reflets cuivrés. Les passants pressent le pas pour se calfeutrer, se mettre à l'abri du souffle dévastateur.

Faustine applaudit et trépigne de contentement. « Aglaé ! Aglaé, ma chérie, viens voir le beau spectacle de la nuit ! » La jeune femme cherche l'enfant dans toutes les pièces de la maison, suivant les règles d'un cache-cache improvisé, la déniche sous l'escalier.

« Te voilà enfin ! Je t'ai cherchée partout. Tu m'auras bien fait courir. Dépêche-toi, monte avec moi, j'ai quelque chose à te montrer. » La fillette regarde la poupée de chiffon avec laquelle elle jouait, l'abandonne, accepte la main que sa mère lui tend.

Dans la chambre à coucher, Faustine aide Aglaé à se mettre debout sur une chaise placée devant la fenêtre. Dans les rues désertées, le vent règne en maître et fait ployer les branches des arbres nus en poussant de longs hurlements. Le ciel d'incendie est tapissé d'un voile rouge vif sur lequel naviguent de sombres nuages. Euphorique, Faustine parle avec précipitation :

« C'est beau, n'est-ce pas ? Tu as vu ce ciel couleur de sang ? On dirait une immense plaie, une écorchure géante, comme si on avait arraché la peau du ciel pour mettre sa chair à nu. Et ces bourrasques qui frappent et claquent, quel fracas ! Vois-tu ces gros nuages d'acier qui s'avancent vers nous comme de dangereux mâtins ? Ils vont ouvrir leur gueule pleine de bave, grogner, montrer leurs crocs et déverser sur la Ville et les hommes leur hargne féroce. Les trombes d'eau vont laver la terre de toutes les crasses qu'elle a accumulées. Plouf ! de gigantesques cascades qui inonderont le monde. »

Aglaé écarquille les yeux, fixe l'espace au-dehors. Les gouttes de pluie rondes, drues, charnues, s'écrasent sur le sol, se multiplient, foisonnent, martèlent les pavés luisants sur lesquels les lanternes projettent un faible halo de lumière tremblotante. Les volets se ferment sur les fenêtres éclairées de l'intérieur, protégées par d'épais rideaux, et ce sont autant de lampions dans la nuit houleuse qui se prépare.

« Ce soir, c'est spectacle ! » Faustine virevolte, tourne sur elle-même, penche la tête en arrière pour mieux déployer son rire. Elle attrape Aglaé par la main. « Viens ma princesse, on va s'habiller comme il se doit. On ne peut pas sortir ainsi, vraiment, on nous prendrait pour des souillons. Je me demande qui t'a mal fagotée comme ça ! » En glissant sa main dans la chevelure de la fillette, elle ajoute d'un ton réprobateur : « Et regarde-moi ces cheveux tout emmêlés, une vraie sauvageonne ! Je vais remédier à tout ça. »

Telle une abeille affairée, la jeune femme ouvre penderies, coffres et tiroirs, en sort tout ce dont elles ont besoin : robes de velours, bas de soie blanche, mocassins vernis, rubans assortis. Tandis que le vent menace, rugit et s'impatiente, Faustine s'habille en hâte, relève sa chevelure en un chignon simple, démêle et discipline les cheveux rebelles de l'enfant, les coiffe en deux tresses dorées. Lucienne sort de la cuisine en les entendant descendre l'escalier.

« Vous voulez dîner ? demande-t-elle. Le repas est presque prêt.

— Pas le temps ! Aglaé et moi sortons ce soir. Nous sommes attendues et devons faire vite. Dépêche-toi mon ange, mets ton manteau, sinon nous serons en retard et le spectacle commencera sans nous.

— Vous sortez ? Avec un temps pareil ? Le vent siffle furieusement et l'orage ne va pas tarder à éclater.

— Justement ! » rétorque Faustine en faisant un clin d'œil à la fillette.

Dans le vestibule, la jeune femme habille Aglaé d'une pèlerine à capuche. Elle-même revêt son chapeau, jette sa cape sur ses épaules puis noue le lacet noir en un nœud à larges boucles. À peine a-t-elle déverrouillé la porte et tourné la poignée que le vent l'ouvre d'un coup brusque, s'engouffre en hurlant dans le hall, fait voler le chapeau de Faustine, renverse un vase de fleurs séchées posé sur une console. La fillette et la femme ont le souffle coupé, ne peuvent plus inspirer, manquent d'air un bref instant. Faustine se retourne pour se protéger tandis qu'Aglaé tombe à la renverse. Lucienne accourt, aide la jeune femme à refermer la porte. L'enfant crie de terreur.

« Quelle tempête ! » s'esclaffe Faustine en ramassant son chapeau. Elle se penche vers Aglaé.

« Allons, ne pleure pas… Je comprends que tu sois déçue mais le vent ne nous laissera pas passer ce soir, il ne veut pas de spectateurs sur la scène. Ne t'en fais pas. Ta maman n'est pas de celles qui renoncent facilement et je sais comment faire pour que nous puissions quand même assister au spectacle. »

Elle prend l'enfant en larmes dans ses bras, monte l'escalier jusqu'au premier étage. Dans la chambre à coucher, elle tourne la poignée de la fenêtre. Le vent l'ouvre en grand, pénètre dans la pièce en sifflant. Faustine juche sur la chaise la petite fille qui pleure toujours, emmitouflée dans ses habits du dimanche, et l'enlace, debout derrière elle. L'orage éclate enfin. Les éclairs zèbrent le ciel d'un noir de suie, le tonnerre gronde en faisant trembler les vitres. Le vent chargé de pluie fouette les visages de l'enfant et de la mère, défait les coiffures, plaque les cheveux humides sur les joues et les yeux. Dans ce tumulte, on n'entend ni les hurlements d'Aglaé que sa mère doit tenir fermement pour l'empêcher de s'enfuir, ni le rire de Faustine, triomphant.

La tempête dure sept nuits. Aux premières lueurs du crépuscule, la bise se lève, siffle, tourbillonne dans les rues et les bois, tandis que les pleurs d'Avel résonnent dans la chaumière. L'enfant et le vent s'interpellent, se répondent dans un duo de virtuoses experts en vocalises, arpèges et trilles. Le nourrisson gémit, glapit, crie, s'égosille et ne se tait que lorsque l'épuisement a enfin raison de sa furie. La tourmente s'arrête simultanément et l'on ne sait qui, du vent ou de l'enfant, gouverne l'autre et l'entraîne dans sa fureur.

Andoche ne cesse de travailler et s'affaiblit chaque jour davantage. Il s'est engagé dans une lutte insensée contre le temps, une gageure perdue d'avance : écarter les dangers de la tempête de la veille avant la tombée de la nuit. Mais ce que le vent met quelques minutes à renverser, Andoche a besoin de plusieurs heures pour le rétablir. Dans ce combat inégal opposant la force d'un homme à celle du Ciel, le bûcheron fait preuve de l'obstination inconsciente de la fourmi laborieuse face au géant qui anéantit sa fourmilière d'un coup de pied distrait. Il s'entête autant par sens du devoir, soucieux d'éviter les victimes, que par orgueil, refusant de s'avouer vaincu.

Lorsqu'il rentre à la chaumière, il ôte sa veste, nettoie ses outils, se laisse tomber lourdement sur une chaise. Sylvaine lui sert une soupe fumante, lui coupe deux grandes tranches de pain, essaie de le réconforter : « T'en as assez fait pour aujourd'hui, mon homme. » Au premier gémissement d'Avel, Andoche sort. Il préfère errer dans la forêt au risque de se faire foudroyer ou écraser par une chute d'arbre, que de rester à l'abri dans la chaumière, où il serait contraint d'entendre le déchaînement vocal de l'enfant-vent. Il ne rentre, dégoulinant de pluie et tremblant de froid, qu'une fois la tourmente apaisée et le nourrisson assoupi.

Les rayons orangés du soleil déclinant traversent les vitres de la chaumière. Jehan joue avec une plume. Sylvaine fait le tour de la pièce en berçant Avel dans ses bras.

L'obscurité monte en vagues successives, recouvrant peu à peu les meubles de son ombre. D'une main, Sylvaine allume une chandelle. Avel geint et le cœur de sa mère s'affole. Elle s'assied aussitôt et lui propose le sein. Le nourrisson saisit le mamelon à pleine bouche, tète avidement. Il boit à longues goulées, les yeux mi-clos. Les bruits de succion, aspiration et déglutition, mesurent l'avancée des ténèbres comme une clepsydre. Sylvaine s'attend à tout moment à ce que le bébé recrache le téton puis se mette à hurler. Elle caresse fébrilement les cheveux noirs, déjà abondants, en fredonnant une chanson. La nuit est entrée comme un chat familier des lieux, s'est étirée, allongée, installée confortablement. Les déglutitions d'Avel s'espacent, ses paupières se ferment tout à fait et l'enfant s'endort. La lune luit dans le ciel clair et le vent ne s'est toujours pas levé. Sylvaine se réjouit de cette accalmie, espère qu'elle marquera la fin de cette tourmente incessante, que ni le mauvais temps ni le mauvais sort ne s'acharneront plus sur la vallée. Impatiente, elle attend le retour de son homme pour partager ces pensées réconfortantes avec lui. Malgré la nuit noire comme un trou sans fond, Andoche n'est toujours pas rentré.

Jehan réclame son dîner dans son babil enfantin : « Choupe ! » Très précautionneusement, Sylvaine se lève et allonge Avel dans son berceau. Le nouveau-né ne se réveille pas et cette victoire sur la nuit, la tempête et la furie, la met en joie. Elle soulève son aîné de terre, pose un baiser sur sa joue, lui chuchote : « Tu vois mon p'tit gars, il faut toujours garder espoir car les mauvaises choses finissent par disparaître d'elles-mêmes. Voilà ton petit frère endormi, tout est calme et mon petit doigt me dit que le vent ne se lèvera pas aujourd'hui. C'est qu'il doit être fatigué avec tout le raffut qu'il a fait ces derniers temps ! Tout le monde a bien besoin de se reposer. Et ton père en premier. Il a eu un travail monstre, le pauvre homme. Il ne va pas tarder à rentrer et nous allons manger tous trois notre soupe bien gaiement. Je m'en vais la faire réchauffer. »

Tard dans la nuit, Sylvaine est immobile dans le grand lit vide. Elle guette tous les bruits, les yeux écarquillés, n'entend que la respiration régulière de ses deux garçons endormis. Aucun souffle de vent, pas la moindre brise dans les feuillages et pas la moindre trace de son homme. Ça ne ressemble pas à Andoche de découcher… A-t-il été retenu au village par une besogne urgente ? Mais pourquoi ne s'est-il pas mis en route après ? S'il avait eu un accident, elle en aurait été informée. À moins que le désastre ne soit arrivé sur le chemin du retour, dans la forêt. Andoche a-t-il rencontré un loup ou un sanglier ? Ses outils lui auront permis de se défendre. Est-il tombé dans une embuscade de voleurs ? D'où seraient-ils venus avec toutes les routes coupées ? Et puis, Andoche a sa hache, sa serpe et sa scie, de quoi dissuader les plus hardis… Alors quoi ? Sylvaine ne trouve aucune explication satisfaisante, ignore pourquoi son homme n'est pas là, tout chaud, endormi à côté d'elle, craint un malheur indéfinissable. Dans son trouble, elle imagine que le vent vorace le lui a pris pour satisfaire son appétit monstrueux.

Ce même soir, à la tombée de la nuit, Faustine marche d'un pas somnambulique vers la chambre d'Aglaé. Elle y rassemble quelques habits et effets de la fillette, les range dans un petit sac, descend à pas feutrés l'escalier, se glisse dans la cuisine où Lucienne prépare le repas, fait signe à l'enfant de la rejoindre en silence, en plaçant son index sur sa bouche fermée. Elle lui chuchote à l'oreille : « Ne fais pas de bruit, c'est un jeu important et sérieux. Nous allons nous cacher et Lucienne ne doit pas savoir où nous sommes. Suis-moi. »

Faustine entraîne la fillette dans le vestibule, lui enfile son manteau et son cache-cou. Aglaé ouvre la bouche mais sa mère lui plaque aussitôt la main sur les lèvres.

« Chut ! Pas un bruit, je te l'ai déjà dit. Si Lucienne nous entend, tout sera fichu. Veux-tu nous faire rater notre départ ? Nous partons en voyage. Regarde, dit-elle en désignant le sac, j'ai préparé toutes nos affaires. Nous allons rendre visite à ta Mammig. Te souviens-tu d'elle ? C'est cette femme qui t'a nourrie au sein pendant que ma petite fille se mourait. Elle sera heureuse de te voir, sûrement. »

Dans la rue, les lanternes que l'on vient d'allumer dessinent un chemin tortueux embarrassé de branches qui n'ont pu être dégagées, îlots squelettiques qu'il faut contourner. Faustine marche d'un bon pas en tenant fermement Aglaé d'un côté et le sac de l'autre. La petite fille trottine pour rester à la hauteur de sa mère. De légers nuages de fumée blanche couronnent chacune de leurs expirations. Plus elles avancent vers l'hospice, plus les rues s'animent, sont encombrées de voitures à bras et de piétons. Dans les hauteurs, les bûcherons scient, coupent, élaguent, démembrent les arbres dénudés et les couvreurs réparent, bouchent, calfeutrent les brèches que les chutes des branchages ont creusées. Faustine ne se laisse distraire ni par ces ouvriers aériens, funambules en suspension dans les airs, ni par les mendiants, plus nombreux que d'habitude, qui tentent de l'agripper et de l'arrêter dans sa course.

La mère et la fillette arrivent devant un large bâtiment rectiligne, percé de fenêtres à croisées, au centre duquel s'élève le Tour d'abandon. Faustine s'avance sans hésiter vers la porte principale située à côté du tourniquet exigu.

« Tu es déjà trop grande pour rentrer là-dedans. Nous allons sonner, cela sera plus simple. »

Par jeu, elle insère le petit sac dans l'orifice, ferme la porte coulissante et fait tourner l'ensemble avant d'agiter la clochette. Des voix et des exclamations fusent derrière la porte. Celle-ci s'ouvre sur une femme habillée en blanc.

« Je vous ai fait passer les bagages avant l'enfant ! » s'exclame Faustine en agitant sa main droite par laquelle elle tient Aglaé. Elle pousse la fillette dans l'embrasure de la porte. « Allons mon petit, entre. Voici ta nouvelle maison. C'est ici que tu coucheras désormais. » Elle ajoute à l'adresse de l'employée : « Cette petite m'a été confiée par erreur. On a voulu me faire croire qu'il s'agissait de ma fille, mais une mère connaît son enfant et j'ai tout de suite su que ce n'était pas elle. Il suffit d'ailleurs de nous regarder pour voir à quel point nous sommes différentes. Mes cheveux sont d'ébène et les siens de paille ! Il est d'ailleurs pratiquement impossible de les lisser. Je n'ai jamais vu de mèches aussi revêches. Enfin, passons… Je vous ramène cette enfant qu'on a voulu faire passer pour mienne. Son trousseau se trouve dans le sac que je vous ai remis à l'instant. Quelle chose amusante que ce tourniquet ! Une boîte à bébés, c'est bien ainsi qu'on l'appelle ? J'aurais voulu y placer la fillette mais elle est assurément trop grande. Quand je pense à tous les bébés dont on peut ainsi se débarrasser en secret… Comme cette invention est hygiénique et moderne ! Et c'est moins cruel que de laisser un nouveau-né sous un porche ou dans des latrines publiques. En avez-vous beaucoup qui vous arrivent chaque jour ? »

Interloquée par ce soliloque débité d'un ton badin, presque joyeux, l'employée de l'hospice ne trouve rien à répondre. Faustine se penche vers Aglaé, lui caresse la joue de son index ganté et s'éloigne, le cœur léger. Elle se sent soulagée d'avoir rendu la petite. Cette mascarade n'avait que trop duré et il était grand temps d'y mettre un terme.

La vieille vient de partir dans la forêt. Elle sait qu'elle a plus besoin de me surveiller et que mon histoire, je suis prête à la raconter jusqu'au bout. Je préfère être seule. Quand j'écris, j'entends les mots dans ma tête et je voudrais pas qu'elle les entende aussi. Car ce que je vais raconter, je serais incapable de le dire ni à elle ni à personne.

Je pourrai jamais oublier le regard qu'elle avait au moment où ils l'ont emmenée. Celui du cochon qu'on s'apprête à saigner. Quand la bête comprend qu'elle va être égorgée, ses yeux disent l'effroi pur. J'avais jamais vu ce regard-là chez un humain. C'est encore plus terrible. Surtout quand on en est responsable.

Les gens faisaient un cercle autour de la pauvre fille. La nouvelle de l'arrivée des sergents s'était répandue comme une traînée de poudre et tout le monde voulait voir ça. On avait couru pour arriver avant eux. La petite était aussi tétanisée qu'un lapin.

Deux des quatre molosses l'ont empoignée. Ils l'ont traînée au milieu des gens. Certains lui crachaient à la figure. D'autres brandissaient leurs poings en la traitant de salope, de traînée, de meurtrière. Moi, j'étais pétrifiée. Par son regard d'épouvante. Et parce que c'est moi qui aurait dû être à sa place, tenue serrée par les brutes, huée par la foule mauvaise.

Le bébé qu'on avait repêché noyé dans sa fosse à purin, c'était pas le sien, mais le mien.

J'ai suivi les autres pour rentrer à la ferme. Le maître me regardait avec son regard noir comme la tourbe des marais.

Je regrette pas ce que j'ai fait. Je pouvais pas faire autrement. Mais je regrette d'avoir dû le faire. De pas avoir eu d'autre choix. Cette fille, je pouvais pas la sauver. Le bébé non plus. Ils reviennent me hanter tous les deux dans mes cauchemars pour me punir. Elle hurle, enfermée dans une cage avec le cadavre gris du petit noyé à ses pieds.

On découvre d'abord la scie qui scintille sur le tapis de feuilles mortes. Les premiers rayons du soleil la font miroiter, en caressent le métal poli. Un peu plus loin, au pied d'un imposant tilleul gisent la hache et la serpe du bûcheron. De minuscules éclats de sang rouge vif en paillettent les lames. À côté du tronc massif, à environ quatre mètres de hauteur, Andoche pendouille au bout de sa longe de chanvre accrochée à sa ceinture. La tête renversée en arrière, tournée vers le faîte de l'arbre, bras en croix et jambes pendantes, le corps forme un arc de cercle aplati. Il se balance mollement, pendu grotesque, épouvantail vertical qui effraie les oiseaux. Ses yeux ouverts interrogent un ciel aussi livide que sa face. À l'arrière du crâne, le sang coagulé a agglutiné les cheveux en une tumeur noirâtre, marque du choc fatal de la tête contre le tronc.

Quand Sylvaine arrive, le cadavre a été descendu et déposé sur la terre gelée. La nourrice contemple les membres inertes, le visage d'un gris terreux, les yeux encore ouverts d'un bleu presque liquide, les fines lèvres craquelées par le froid, perdues dans la barbe maculée de brindilles et de feuilles. Ce cadavre a-t-il été son homme – chaud, bien vivant, parlant et remuant ? Elle se sent envahie par un vide immense, se transforme en une lande aride, désertique, balayée par le vent. Elle n'a aucune peine, aucune déchirure dans l'âme. Ni larmes ni cris qui exigeraient de sortir d'elle pour apprivoiser la douleur, l'impensable. Elle contemple ce corps qui a été son mari et pense à ses enfants qui auront bientôt faim, à la lessive qu'il faudra faire malgré le gel. Le chagrin viendra mais pour l'heure, Sylvaine est ailleurs, dans un monde où Andoche n'est ni vivant ni mort, juste absent.

Il lui tarde de retrouver ses garçons. Elle rentre à la chaumière, remercie les hommes qui ont gardé ses enfants. Ils partent en laissant les outils d'Andoche nettoyés sur la table. Elle regarde Avel qui dort dans son berceau, Jehan qui joue avec des bâtons sous la table. Elle se penche vers lui, l'appelle doucement : « Viens me voir, mon p'tit gars. » Jehan quitte sa cachette, répond à l'invitation des bras tendus, pose son front contre celui de sa mère, entoure le cou délicat de ses petits bras.

« Tu me réchauffes le cœur. Allons préparer la soupe. »

Sylvaine doit s'occuper les mains, le corps, se concentrer sur des choses simples, tangibles, concrètes. Elle se lève, installe la marmite dans l'âtre, va chercher des brocs d'eau, les verse dans le récipient. Son fils la suit dans le cellier.

« Donne-moi des patates. »

Jehan choisit les plus grosses, les tend à sa mère.

Sylvaine les épluche près du feu, les coupe au-dessus de la marmite qui frémit. Elle prend ensuite son aîné par la main et le conduit près de la table.

« Regarde les outils de ton père. Ils ont été bien nettoyés. Faut les ranger maintenant. Va me chercher les étuis. » Jehan grimpe sur une chaise pour détacher les sacoches de cuir accrochées au mur par un clou et les rapporte à sa mère.

« C'est bien, mon grand. »

Sylvaine fait glisser les lames dans leurs fourreaux, suspend les outils.

Avel baîlle bruyamment. Son grand frère s'approche du berceau, observe le nouveau-né.

« Tétée ! »

Sylvaine prend le nourrisson pas plus grand que son avant-bras et s'installe sur le lit pour lui donner le sein. Jehan y grimpe à son tour, caresse les cheveux déjà drus d'Avel. Tandis que l'enfant tète goulûment, Sylvaine parle à son aîné.

« Les enfants, c'est des cadeaux du ciel, et celui-là, c'est le vent qui me l'a apporté. Toi, tu es un enfant de terre.

Tu es né un jour d'automne. On aurait dit que les arbres s'étaient endimanchés pour une belle fête. Leurs feuilles étaient rouges, jaunes, orange, brunes. Elles tombaient tout doucement, comme des plumes qui prennent leur temps et recouvraient le sol d'un tapis de couleurs.

Les douleurs de l'enfantement ont duré longtemps. Toute une nuit et la journée du lendemain. Margot est venue m'assister dès le début. Elle avait apporté un bloc de glaise. Faut que tu le façonnes, elle a dit. Sculpte un corps de tes doigts. J'avais peur de pas réussir. Margot m'a encouragée en disant : Laisse-toi guider par l'enfant. Mes mains ont pétri la terre molle et grasse. Elles ont trouvé les contours de ton corps. J'ai dû m'arrêter à chacune des contractions et tu as pris forme peu à peu. En te modelant, j'ai senti ton souffle et ton énergie, celle de la Terre qui accueille et nourrit.

J'ai terminé la statuette à l'aube. Margot l'a mise à sécher devant le feu. Elle la retournait de temps en temps pour pas qu'elle se fissure. Tu es sorti de moi quand elle a été complètement sèche. Margot l'a emportée avec elle. Elle m'a raconté qu'après l'avoir brisée, elle a éparpillé les morceaux dans la forêt. Ce qui vient de la Terre doit y retourner, elle a dit.

Voilà comment tu es venu au monde, mon premier-né. »

Jehan pose un baiser baveux, du bout de ses lèvres trop tendues, sur la joue de sa mère puis se love contre elle, la tête au creux de son épaule.

Le meneur est revenu peu de temps après l'arrestation de la petite. C'était à l'époque des moissons. L'été s'était étiré de tout son long, comme un chat sur des pierres chauffées par le soleil. Les épis étaient chargés de gros grains. Ils ployaient tellement qu'ils en étaient pleins. Tout le hameau était venu aider pour la récolte. Les faucheurs suaient à grosses gouttes et avançaient en ligne décousue. Moi, je trimais avec les femmes. Leur marmaille nous tournait autour et jouait dans la paille pendant qu'on battait les épis. On était tellement occupés qu'on l'a pas vu arriver. C'est le maître qui l'a repéré.

Quand j'ai levé les yeux, ils étaient en train de discuter. Le meneur s'appuyait sur son bâton de marche et portait une drôle de hotte sur le dos. Le maître a fait signe à la femme de Pierrot de les rejoindre. Le meneur a enlevé son sac. La femme de Pierrot en a sorti deux bébés. Elle les a emportés à la bâtisse. C'est comme ça que les Trouvés sont arrivés au hameau. La Joséphine en a pris un et la femme de Pierrot a gardé l'autre.

Le meneur est resté jusqu'à la veillée du soir. Il arrêtait pas de parler, en descendant des pichets de cidre les uns après les autres. Il a raconté qu'à la ville, y a une boîte où on peut déposer les bébés sans être inquiété. C'est ceux-là qu'il nous avait ramenés. J'ai eu envie de lui demander le chemin qu'il fallait prendre pour y aller, mais je me suis retenue. Le meneur a aussi dit qu'il allait dans beaucoup de villages comme le nôtre pour emmener des nourrices à la ville. Qu'il les ramenait avec des bébés de là-bas. Je me suis demandé pourquoi on envoyait ces nourrissons loin de leurs mères. Elles ont pas de lait ? j'ai demandé. La question est sortie toute seule. Ça a fait rire tout le monde. Bien sûr que si, a dit la femme de Pierrot. Du lait, toutes les accouchées en ont. Alors pourquoi ces bébés tètent pas leur mère ? Le meneur m'a regardée. T'es bien curieuse, ma jolie. C'est leurs bonshommes qui décident ça. Une femme qui allaite peut pas coucher avec son mari, sinon, ça fait tourner son lait. Et lui, il a pas envie d'attendre. Il va quand même pas laisser un mioche prendre sa place !

Le maître a posé des questions sur les tarifs et les commissions. Moi, ça me dégoûtait toutes ces histoires de sous et j'aurais préféré pas entendre. Les autres femmes soupiraient. L'argent, elles savaient bien qu'elles en verraient pas la couleur et que c'est leur mari qui empocherait tout après que le maître se soit servi. On faisait mine de rester concentrées sur notre ouvrage. Moi, je pressais le beurre pour en faire sortir l'eau. D'autres reprisaient des vêtements ou cardaient la laine. Les hommes, eux, buvaient du cidre en se réjouissant à l'avance de cette aubaine qui leur coûterait rien. On disait mot, mais je suis sûre qu'on pensait toutes la même chose : qu'il faudrait peut-être nous demander notre avis, vu qu'on était quand même les premières concernées.

L'aube grise diffuse une lueur laiteuse dans la chaumière. Sylvaine fait chauffer de l'eau dans la marmite. Dès que le liquide atteint la bonne température, elle en verse dans trois bols. Dans le premier, elle jette les fleurs de violette séchées que Margot lui a données, les laisse infuser. Elle ôte Avel de son berceau, l'allonge sur le grand lit, recouvre le haut de son corps de la couverture, défait les nœuds du lange souillé. Les selles liquides, jaunâtres, sont presque inodores. Sylvaine trempe un carré de tissu dans le deuxième bol, l'essore, nettoie les fesses de son bébé. Avel glousse, fait des moulinets avec ses bras et ses jambes. La jeune accouchée roule en boule les tissus sales, emmaillote son nourrisson d'un lange propre, le dépose au milieu du lit, met le linge à lessiver dans la marmite. Elle immerge un tissu dans le troisième bol, place un pied sur une chaise, le genou replié, soulève sa chemise de nuit d'une main, nettoie le sang qui a coulé le long de ses jambes. Elle rince le chiffon, renouvelle l'opération. Elle lave ensuite sa vulve avec douceur, la tamponne avec précaution. Son sexe est encore gonflé, irrité, douloureux, et il lui semble, lorsqu'elle s'assoit, qu'une couronne d'épines acérées s'enfonce dans sa chair. Elle enlève les fleurs séchées qui ont instillé une couleur mauve dans l'eau, y trempe un chiffon propre, s'allonge sur le lit et le place entre ses jambes.

Elle prend son nourrisson contre elle, plonge son regard dans les yeux couleur d'orage d'Avel. La tempête a cessé depuis deux jours mais elle a l'impression que la tourmente est tapie au fond de l'œil de son enfant. Elle y discerne une tornade en dormance et croit voir Andoche englouti, minuscule pantin qui tourne indéfiniment sur le cristallin. Elle ne peut détacher les yeux de l'iris grisé, fascinée par la vision de la reproduction miniature de son mari tournoyant autour de la pupille. Il lui semble que son homme est emprisonné dans l'œil de son fils, qu'il ne peut s'en échapper. À cette pensée, un frisson court sur sa peau, ses poils se hérissent. Elle se prend à espérer la levée du vent qui rendrait à son homme ses proportions humaines. Elle guette les bruits au-dehors. Une brise légère chuinte. Une charrette grince. Les feuilles craquent sous le poids de quelqu'un qui s'approche.

La vieille Margot semble minuscule dans l'embrasure de la porte. Derrière elle, dans la cour étroite, une charrette à bras, remplie d'un bric-à-brac de flacons, de pots, de gerbes de fleurs séchées, est couronnée d'une paillasse.

« Je vais rester chez toi jusqu'aux relevailles. Je dormirai là-dessus, annonce-t-elle à Sylvaine en montrant le matelas de paille juché sur son barda. Va t'allonger. Et prends Avel avec toi dans ton lit. Ça t'évitera de te lever pour les tétées. »

Jehan aide Margot à transporter son chargement dans la maison. Il range les récipients selon les instructions de la vieille femme, suspend les bouquets de plantes sous la table. Margot s'affaire, va chercher du bois, alimente le feu, fait chauffer de l'eau, prépare une tisane aux orties. Dès qu'elle est prête, elle l'apporte à Sylvaine.

« Bois, ça va te redonner des forces. Tu en prendras une tasse par jour tout le temps que dureront tes vidanges. »

Sylvaine souffle sur l'infusion brûlante, l'ingurgite à petites gorgées. Le liquide réchauffe son corps et son cœur. Il lui semble que la vieille femme est une lumière dans ce tunnel sombre, infini, où elle chemine depuis la naissance d'Avel. Elle se remémore ces journées interminables, la torture du corps qui n'en peut plus mais doit encore, ces nuits privées de sommeil. Elle va pouvoir se reposer, enfin.

Margot prend Avel dans ses bras, semble l'observer en clignant des yeux, passe une main sur la tête chevelue du nourrisson.

« Quelle colère tu nous as faite ! J'avais encore jamais vu ça, de toute ma longue vie. Te voilà calmé à présent mais il faudrait pas que ça te reprenne. »

Margot démaillote complètement le nouveau-né, enduit son corps d'une huile de valériane, le frictionne énergiquement. Avel se tord de plaisir sous les mains ridées de la vieille femme. À la fin du massage, elle l'enveloppe d'un petit lange qui lui couvre seulement le bassin et demande à Sylvaine de se déshabiller.

« C'est le contact avec ton corps qui le calmera le mieux. Garde-le près de toi, bien au chaud sous la couverture. »

Sylvaine pose son bébé sur son ventre, caresse le petit corps presque nu. Elle se sent étrangement apaisée, ferme les yeux, écoute le crépitement du feu, la voix rassurante de Margot qui parle à Jehan. Avel cherche de sa tête, fouine pour trouver le mamelon.

Sous l'édredon de plumes
Corps à corps étourdissant
Les pieds petits labourent le ventre mou
Les doigts minuscules chipotent le mamelon, le roulent, le pressent
La bouche avide aspire, se remplit, déglutit
Échange d'effluves, de liquides, de fluides
Flux ininterrompu
Comme le sang a coulé de l'un à l'autre, le lait afflue
Dyade serrée, exclusive
Impossible de s'immiscer entre
le bébé nacre qui tapisse la coquille mère

Sylvaine ressent un plaisir nouveau, inédit, à être sucée avec force, mordillée par les puissantes gencives. Il ne s'agit plus seulement d'être soulagée du trop-plein de lait. Un nerf souterrain, fil d'argent invisible, relie son mamelon à son bas-ventre qui se contracte agréablement sous l'effet de la succion. Sylvaine plonge dans ces sensations nouvelles, sans gêne ni honte. Repus et satisfaits, la mère et l'enfant s'endorment, enlacés.

J'ai su tout de suite que j'étais de nouveau grosse. Y a des signes qui trompent pas. Les seins tout gonflés et le bas du ventre qui tiraille comme si les lunes allaient arriver sauf qu'elles arrivent pas. Je suis fichue, j'ai pensé. Complètement fichue. Je pourrai pas recommencer ce que j'ai déjà fait une fois. J'y survivrai pas. Autant me foutre en l'air tout de suite.

J'ai choisi une corde assez grosse. Celle que j'utilise pour mener la rosse au pré. Je me suis entraînée à faire des nœuds coulants. Je sais les faire depuis toute petite mais ça me rassurait de passer ma jambe dedans puis de tirer d'un coup sec. Faut pas que ça rate, je me disais, parce que j'aurais pas le courage de m'y reprendre à deux fois.

J'ai passé plusieurs jours à tripoter cette maudite corde. Je savais que j'allais l'accrocher à la poutre de la grange. J'ai fait des essais pour qu'elle soit ni trop courte ni trop longue, rapport au tabouret où je voulais monter. Puis j'ai pensé que ce serait plus simple de grimper à l'échelle, d'accrocher la corde en laissant peu de longueur et de sauter en poussant l'échelle du pied. Si les nœuds tenaient pas, je risquais une belle chute et c'était une chance de plus. Quand je repassais les gestes à faire dans ma tête, la corde entre les mains, je sanglotais. C'était plus fort que moi. J'arrivais pas à m'arrêter, comme quand on ouvre le barrage du Bois fendu et que l'eau se déverse à grands flots dans les champs. J'ai pas le choix, j'ai pas le choix, je me répétais pour me donner du courage. Mais en vrai, j'avais pas envie de mourir.

Un matin, enfin, je me suis dit : Ça suffit. Y avait un beau ciel gris, comme je les aime, plein de gros nuages cotonneux qui donnent envie de se rouler dedans. Un fin crachin mouillait la terre. Ça m'a plu. J'ai fait comme d'habitude, sauf que je me suis pas couvert la tête. Je voulais sentir la pluie couler sur mon visage. Et les gouttes se mêler à mes larmes.

J'ai attendu le soir. Autant pour être tranquille que pour profiter encore un peu. Bizarrement, j'avais arrêté de pleurer. J'étais concentrée, très calme. J'ai tout fait comme j'avais imaginé, sans trembler. Chaque geste m'a paru simple. Faire le nœud coulant, monter à l'échelle, basculer le gros de la corde de l'autre côté de la poutre, l'accrocher solidement, passer ma tête dans la boucle.

Je savais que je devais pas attendre, pas regarder en bas, sinon j'aurais jamais le courage. Il fallait que je saute aussitôt, sans réfléchir. Je l'ai fait. Très vite. Trop vite. Parce que j'ai oublié de pousser fort sur mes jambes et que l'échelle est pas tombée. Quand je me suis cambrée comme un poisson hors de l'eau qui s'asphyxie, j'ai pas eu de mal à agripper un des barreaux et à m'y accrocher.

C'est là que l'échelle a failli tomber. Elle a vacillé mais j'ai réussi à m'y hisser. Je suis restée un moment en haut de l'échelle, comme étourdie, la corde au cou. Quand j'ai recouvré mes esprits, j'ai défait les nœuds et je suis redescendue le plus vite possible. J'en ai gardé un vilain collier rouge qui m'est resté plusieurs jours.

Lucienne peste en marchant vers l'hospice. Trois nuits que l'enfant a disparu et que la mère refuse de dire où elle est. Il a fallu que Monsieur la menace de l'enfermer aux Aliénés pour qu'elle révèle enfin son secret. Il y a eu des cris, une dispute violente, une crise terrible et c'est elle, Lucienne, qui a dû passer la matinée à tout nettoyer. Maintenant, elle doit aller récupérer Aglaé, alors qu'elle a horreur de marcher dans les rues boueuses et encombrées. Elle rabroue les marchands ambulants qui l'interpellent, insulte les voitures à cheval qui l'éclaboussent, injurie les mendiants qui veulent l'arrêter.

Dès qu'elle arrive au Tour d'abandon, elle tire énergiquement la clochette. Un judas grillagé s'ouvre sur deux yeux noirs. Elle explique qu'elle vient reprendre une fillette déposée par erreur. On lui demande si elle a un signe de reconnaissance quelconque, un trait distinctif ou une marque visible sur le corps. La servante réfléchit, essaie de décrire l'enfant : des cheveux blonds et une bouille ronde.

« Puisque c'est ainsi, venez la chercher par vous-même. »

Une femme habillée de blanc ouvre la porte et fait entrer la vieille servante dans le hall. Des cris de nourrissons saturent l'air de leurs vibrations perçantes. L'odeur viciée prend Lucienne à la gorge. La mine dégoûtée, elle se détourne d'une salle dont la porte est entrebâillée. L'employée se justifie :

« Les nouveaux-nés sont installés ici. Ça évite de monter les étages. Il y a beaucoup de passage, entre ceux qui arrivent, ceux qui partent et ceux qu'on doit évacuer. »

Les deux femmes reculent pour laisser passer un homme qui sort de la pièce en poussant une brouette. À l'intérieur se trouve un minuscule cadavre enveloppé dans un linceul.

« Beaucoup ne passent pas l'hiver. Les plus faibles sont emportés en un rien de temps. »

En montant l'escalier qui leur fait face, la femme en blanc précise : « Les bambins, eux, sont à l'étage. » Sur le palier, elle ouvre la porte de droite. Le vacarme s'échappe de la pièce à la manière d'un bouchon de bouteille qui saute. Une trentaine d'enfants sont parqués dans une grande salle meublée de lits-clos. Nombre d'entre eux se précipitent, s'agglutinent derrière la barrière qu'on a ajoutée derrière la porte pour les empêcher de s'enfuir. Ils appellent, réclament, braillent. D'autres restent assis au sol et pleurent, la morve au nez.

« Aglaé ! » appelle Lucienne sans s'émouvoir. La fillette, cachée sous un lit, sort la tête, reconnaît la servante. Elle s'extrait de son refuge, marche vers la vieille femme, et ses beaux habits, à peine déchirés, lui donnent l'air d'une poupée égarée au milieu d'une tribu de poupons sales.

« Te voilà ! On rentre à la maison. »

L'employée enjambe la clôture, repousse les enfants qui s'accrochent à sa robe, soulève la fillette et la tend à Lucienne en disant : « Vous penserez à me donner votre obole. »

La servante fouille dans sa poche, en sort une pièce, demande : « Et le trousseau qu'on vous a déposé ? Où est-il ? »

En faisant un large geste qui englobe tous les bambins, la femme en blanc répond : « Il est bien utilisé, croyez-moi. »

Faustine est postée à la fenêtre de sa chambre. Elle triture le rideau de mousseline, guette le retour de la domestique. Reviendra-t-elle avec l'enfant ? Ces quelques jours de répit lui ont prouvé combien la présence de la fillette lui est insupportable. Elle ne veut plus la voir, jamais, espère que l'impostrice a été placée ailleurs, envoyée loin de chez elle, à la campagne, chez une nourrice sèche. Elle épie, l'estomac noué.

Dès qu'elle aperçoit Lucienne accompagnée de l'enfant maudite, elle étouffe un rugissement. Elle s'affale sur le lit, frappe la couverture, mord les oreillers. Il lui faudra la supporter encore, puisque son époux l'a décidé.

Elle entend la porte d'entrée se fermer, son mari l'appeler. Avant de descendre, elle replace les mèches de cheveux qui se sont échappées de son chignon, essaye de se composer une figure aimable devant le miroir. Puisque tous jouent la comédie, elle s'y adonnera elle aussi. Elle pénètre dans le salon comme sur une scène de théâtre. Son époux lance la première réplique.

« Aglaé va bien, tu peux être rassurée mon ange. Tout va rentrer dans l'ordre maintenant, n'est-ce pas ? »

Faustine acquiesce d'un mouvement de tête. Puis elle commande : « Lucienne, va faire chauffer de l'eau pour la laver. Elle empeste jusqu'ici. »

À compter de ce jour, Faustine délègue tous les soins élémentaires – hygiène, habillage, nourrissage – à la servante, qui se plaint de la surcharge de travail. « J'ai pas été engagée comme nourrice, moi… Je peux pas tout faire ici. » Mais la maîtresse de maison reste inflexible, refusant de toucher la fillette, se déclarant allergique au contact de la peau enfantine et lorsque leurs corps se frôlent par inadvertance, elle pousse un petit cri de douleur comme si elle avait été piquée par une guêpe.

Aglaé, qui avait été un jouet que Faustine prenait plaisir à manipuler, déplacer, parfois cajoler, est devenue un repoussoir, une marionnette hideuse dont la seule vue rebute. Chacune de ses tentatives d'approche se soldant par une rebuffade, elle perd peu à peu l'habitude de chercher le contact avec sa mère.

Elle traîne dans les jupes de Lucienne, se fait rabrouer, insiste en pleurant, obtient parfois un peu d'attention, le plus souvent des réprimandes, finit par abandonner, se réfugie sous l'escalier, s'enferme dans une bulle imaginaire où elle est désirable et désirée, aimable et aimée.

Pendant plusieurs lunes, j'ai essayé de me faire à l'idée que c'était mon destin. Qu'une fille comme moi pouvait pas espérer mieux. Je pensais à ma mère. Elle au moins, elle avait eu quelqu'un à qui me confier. Je me disais que c'était ça, la solution. Laisser le bébé et partir. Peut-être que la Joséphine accepterait de s'en occuper. J'osais pas lui demander. Elle en a déjà dix à elle. Avec le Trouvé qu'elle a pris, ça lui en fait onze. Je me disais qu'une fois devant le fait accompli, elle le ferait. Parce qu'elle est belle et gentille.

Ce qui me rendait triste, c'était de quitter Maé. De toute façon, y avait pas d'espoir entre nous. Avec ce que son père me faisait, je pouvais plus le regarder dans les yeux.

Ma décision était prise quand j'ai entendu parler de la vieille. Je sais pas par qui la rumeur a commencé. Elle s'est multipliée comme les moustiques sur l'étang en été. Toutes les femmes en parlaient en secret. Même les grands-mères et les jeunes.

Une vieille qui a le pouvoir de faire revenir le sang à coup sûr, ça donne forcément de l'espoir.

Je me suis fait expliquer le chemin, l'air de rien, en faisant mine de pas y croire. C'était pas si loin. À deux heures de marche environ. Fallait passer deux vallées. Y avait un village. La vieille habitait dans la forêt au-dessus. J'y croyais pas vraiment. Ça valait quand même le coup d'essayer.

Un matin, j'ai mené la rosse au pré et je suis partie. Je savais que j'aurais des problèmes à mon retour, mais ça m'était égal. Je voulais en avoir le cœur net. J'étais jamais sortie de la vallée et ça me faisait tout drôle de m'éloigner de tout ce que j'avais toujours connu. J'avais pas peur. Je me disais que c'était un entraînement pour le jour où je partirai pour de bon, après avoir laissé le bébé devant la porte de la Joséphine. J'ai suivi le chemin qui montait sur la colline sans me retourner une seule fois. Je marchais vite en regardant mes pieds pour pas penser à la forêt au bout du chemin. J'ai ramassé une grosse pierre pour pouvoir me défendre. J'ai traversé les bois sans encombre. En sortant de la forêt, j'ai vu la première vallée. Elle était très encaissée. J'ai accroché mon fichu à une branche pour me faire un point de repère à mon retour. J'ai longé la lisère jusqu'à la deuxième vallée. Là, j'ai vu le village, ramassé au creux de la plaine.

J'ai entendu un grognement dans les bois. J'ai serré fort la pierre dans ma main en pensant à un sanglier. J'ai pas bougé et j'ai scruté entre les arbres. J'ai vu un garçon qui menait ses cochons à la glandée. Je me suis approchée et je lui ai demandé où la vieille habitait. C'est comme ça que je l'ai appelée, la vieille. Là-bas, au bout du sentier, il m'a répondu en me montrant un chemin.

J'ai pas eu besoin de frapper. Elle était sur le pas de la porte, comme si elle m'attendait. Elle m'a fait entrer dans sa masure. Ça débordait de partout. Des plantes à n'en plus finir et un tas d'objets bizarres. Elle m'a dit de m'asseoir. J'ai obéi. Elle m'a apporté un verre d'eau. Je l'ai bu d'une traite. Elle m'en a servi un autre et elle s'est assise en face de moi. Elle me regardait, les yeux plissés. Elle attendait. Je savais pas quoi dire. Par où commencer.

J'ai fini par lâcher : Paraît que vous pouvez faire revenir le sang. Ça dépend, elle a dit. J'ai cru qu'elle parlait d'argent. J'ai pas de quoi, je lui ai dit aussitôt. Elle a souri. Ça dépend depuis combien de temps tu as pas eu tes lunes, elle a précisé. J'ai réfléchi. Ça remontait à la dernière visite du meneur. Depuis l'été dernier, j'ai répondu. La vieille s'est tue un long moment. Puis elle a dit : Je peux te débarrasser de l'enfant. Apporte-le-moi dès qu'il sera né. Tu pourras me le laisser et repartir chez toi. Et je vous donne quoi en échange ? j'ai demandé. Elle m'a expliqué le prix à payer.

Je suis repartie avec le cahier caché dans mon corsage. Je suis rentrée le plus vite possible. La femme de Pierrot avait pris ma place aux fourneaux. J'ai dit que la rosse s'était échappée et que j'avais dû la chercher toute la matinée. Elle m'a regardée d'un œil mauvais et elle est allée nourrir son Trouvé qui réclamait, accroché à la poutre.

Les journées passent, identiques, interchangeables, rythmées par les tâches domestiques sans cesse recommencées. Chaque matin, Margot se lève aux premières lueurs de l'aube. Elle place son matelas de paille contre le mur, rallume le feu presque éteint, fait chauffer de l'eau, prépare une infusion. Elle revêt son châle, sort nourrir les poules avec les épluchures de la veille, ramasse les œufs. En attendant le réveil de Jehan, elle reprise les vêtements. Lorsque le garçonnet ouvre les yeux, elle l'aide à sortir du lit à barreaux, l'enroule dans une couverture avant de l'asseoir sur une chaise. Elle sort le babeurre, en verse dans trois assiettes, émiette une galette séchée dans chacune d'elles, s'attable avec le bambin.

Aux premiers mouvements dans le grand lit, Jehan rejoint sa mère et son petit frère. Il s'allonge derrière Avel qui tète, caresse ses cheveux, regarde sa mère qui lui sourit, lui parle tendrement. Après la tétée, Sylvaine se lève, et laisse Jehan jouer avec le nouveau-né, agiter ses mains potelées en babillant. Elle s'assoit en face de Margot, boit l'infusion que celle-ci lui a préparée, mange. Les deux femmes discutent de la nuit écoulée, s'amusent des jeux et simagrées de Jehan.

Pendant que Sylvaine fait sa toilette et change le lange d'Avel, Margot fait chauffer de l'eau puis sort ramasser du bois dans la forêt. Elle emmène parfois Jehan avec elle et ils rentrent tous deux les mains engourdies par le froid. Margot met le linge à lessiver, lave les assiettes, passe le balai, prépare la pâte à galettes, épluche les légumes pour la soupe. Elle récure les casseroles, étend le linge devant la cheminée, le plie quand il est sec. Le soir venu, elle installe sa paillasse sur le sol et s'endort aussitôt.

Sylvaine suit le rythme dicté par son nouveau-né, se réveille plusieurs fois par nuit pour le nourrir, s'endort au milieu de la journée. Elle perçoit comme dans un songe les visites qui sont faites à la vieille femme. Un jour, c'est Suzanne qui toque à la porte, un nourrisson dans les bras. L'enfant hoquette, rougit, pousse des hurlements stridents. La nourrice déverse son souci d'une traite : « J'y arrive plus. Ça me fait trop mal. Dès qu'il me tète, j'ai l'impression qu'on m'enfonce des aiguilles de repriseuse dans le téton. J'ai essayé de supporter la douleur, de serrer les dents. Mais je peux plus. Vu qu'il a pas assez, il réclame tout le temps. Et ses cris me rendent folle. »

La vieille Margot va chercher un bocal rempli d'une crème blanchâtre.

« Voici un onguent pour soigner tes mamelons blessés. Il faudra l'appliquer avant chaque tétée. C'est sans danger pour le petit. Mets-en tout de suite. »

La nourrice dégrafe son corsage, ouvre le récipient, prélève de son index une noisette de pommade, l'étale sur ses mamelons meurtris.

« Ça va mettre un peu de temps à agir, reprend Margot. Ne perds pas confiance. Et pense à bien positionner le bébé. Il ne faut pas le laisser tirer sur ton téton. N'oublie pas qu'il doit former une croix avec ton corps.

— Je voudrais bien, mais avec tout le travail que j'ai, je peux pas me permettre de m'arrêter pour l'allaiter. Je le suspends dans un linge pour qu'il prenne le sein pendant que je fais ma besogne. »

Sylvaine intervient : « Donne-le-moi, que je le nourrisse. Ça te fera un peu de répit.

— Vraiment ? Tu es sûre ? s'inquiète Suzanne. Tu auras assez pour ton petit ? »

Sylvaine sourit en pensant à la semaine où elle avait allaité conjointement l'enfant de la Ville et Gladie.

« J'ai bien assez de lait pour deux. »

Suzanne lui apporte le nourrisson vociférant. Sylvaine présente son sein énorme au nouveau-né qui s'y accroche, tète goulûment.

« On dirait bien que ça lui convient. Reviens ce soir pour qu'il prenne avant la nuit. » Suzanne dépose la miche de pain qu'elle a apportée en paiement, part en remerciant.

Une autre fois, c'est La Rousse qui vient chercher la guérisseuse pour aider une jeune accouchée dont la montée de lait tarde à venir. La vieille femme prépare une décoction de sauge et se rend au chevet de la jeune femme. À son retour, elle raconte à Sylvaine comment, après lui avoir administré son remède, elle l'a guidée dans un rêve éveillé. Elle lui a demandé de visualiser, les yeux fermés, sa poitrine et de la faire enfler, grossir, se dilater jusqu'à ce qu'elle se transforme en une immense fontaine. Quelques heures plus tard, les seins de la jeune mère ont doublé de volume et le lait a afflué avec une telle force que le nourrisson en était tout éclaboussé. « J'y suis allée un peu fort ! » conclut Margot, et les deux femmes rient de bon cœur.

La Bienvenu vient rendre visite régulièrement aux deux femmes. Elle leur apporte des provisions, leur donne des nouvelles du village. Elle raconte le quotidien de La Pelletier, épuisée par les chamailleries entre ses huit enfants et les quatre autres qu'elle a en garde, la dispute qui l'a opposée à son mari.

« J'en prendrai plus, qu'elle a dit à son homme. Je peux jamais m'arrêter. Toute cette marmaille, il faut la nourrir, la laver et l'habiller. J'ai pas une minute de repos. Et ils me font devenir chèvre avec les jalousies qu'ils ont entre eux. Ils se font sans cesse des misères. Notre aîné, qui est pourtant pas un mauvais garçon, pince le petit de Mahaut dès que j'ai le dos tourné. Il ose pas me le dire, mais je vois bien qu'il me reproche l'attention que j'ai pour lui. Sitôt que les mères reviendront de la Ville, je leur rendrai leurs petits et on se débrouillera sans les salaires. C'est ce qu'on verra, a répondu son mari. Tu te laisses marcher sur les pieds par des mioches qui ont rien à dire. Je vais te montrer, moi, comment on les éduque. Et il a mis une volée à toute la ribambelle d'enfants qui en était toute sonnée. »

Un matin où Margot est partie dans la forêt, on frappe à la chaumière. En ouvrant la porte, Sylvaine a un mouvement de recul à la vue de la Michaude, au cœur aussi sec que ses seins, vides depuis longtemps. La commère s'avance jusqu'à la cheminée devant laquelle elle frotte ses mains gelées.

« C'est le meneur qui m'envoie. Il est arrivé hier soir au village. On l'attendait depuis un petit bout de temps, mais il a pas pu venir plus tôt à cause des routes coupées. C'est que la tempête a fait des dégâts jusqu'à la Ville. Avec le froid et tous ces gens sans toit, ça s'est bousculé au Tour et l'hospice est bondé à craquer. La Chicane a ramené quatre Trouvés dans son panier mais y en avait trois de crevés à son arrivée. J'ai pris le seul survivant. Première arrivée, première servie ! »

Sylvaine se voit, dans une hallucination fulgurante, pousser la mégère dans le feu. La nourrice sèche s'en éloigne et s'assoit à la table.

« Si je suis ici, c'est que le meneur a un marché à te proposer. Il connaît ta situation, la naissance de ton môme et la mort de ton homme. Voilà son offre : il repart avec ton petit dernier qu'il dépose au Tour, ni vu ni connu, sauf que tu lui auras mis un fil de couleur autour du poignet. Il revient le lendemain chercher sa cargaison habituelle et là, il prend ton marmot qu'il peut reconnaître grâce au bracelet, et il te le ramène. Résultat : tu es payée par l'hospice pour nourrir ton propre enfant. C'est bien pensé, non ? On peut dire qu'il a de la suite dans les idées… En échange, Allouïn te demande la moitié de tes gages. Alors, marché conclu ? »

Sylvaine ouvre la porte en grand et fait signe à la visiteuse de sortir. La Michaude part en fulminant : « Tu le regretteras, petite sotte ! L'argent, ça tombe pas du ciel. »

Sylvaine ressasse l'avertissement final craché par la marâtre jusqu'au retour de Margot. Il souligne une vérité cruelle. Sans Andoche, elle ne peut compter que sur ses propres ressources pour subvenir à ses besoins et ceux de ses enfants. La vieille accoucheuse la rassure.

« C'est bien normal que tu te fasses du mouron pour ta survie et celle de tes petits, mais ce n'est pas un problème insurmontable que tu as là. Va donc trouver les femmes qui repartiront avec le meneur se louer comme nourrice sur lieu. Propose de prendre en pension leur petit tout juste sevré. C'est vrai que tu n'es pas encore relevée de couches mais vu ta situation, il y en a bien une qui acceptera de te confier son marmot, d'autant que tout le village sait que tu es honnête et responsable. Le salaire te rendra pas riche, c'est certain, mais ça te permettra de tenir jusqu'au sevrage d'Avel. Là, tu pourras reprendre un nourrisson de la Ville. »

Sylvaine laisse les petits en garde à Margot et se met aussitôt en route. En arrivant au village, elle s'étonne de trouver la place déserte. Seul le chêne calciné, spectre grandiose épargné par la tempête, trône en son centre. Le froid glacial a eu raison de l'agitation causée par la visite du meneur et tous se sont retirés dans la chaleur des maisons.

Sylvaine se dirige vers l'auberge, certaine d'y trouver des informations sur les femmes qui iront bientôt se louer comme nourrice. La crainte d'y rencontrer La Chicane l'arrête subitement. Elle hésite, souffle sur ses mains glacées, frappe le sol de ses pieds gelés pour les réchauffer, décide de faire le tour du village dans l'espoir de rencontrer quelqu'un qui pourrait la renseigner.

Dans la rue qui mène au lavoir, son attention est attirée par des éclats de voix. Elle s'arrête pour écouter, reconnaît la maison où vit la Madeleine, une boiteuse de naissance dont les mauvaises langues racontent que son mari l'aurait épousée et engrossée dans le seul but de l'envoyer à la Ville.

La voix de l'homme porte loin.

« Tu feras qu'est-ce que je te dis faire ! C'est pas toi qui fais la loi, ici. »

Les paroles de la femme sont si peu audibles que Sylvaine doit coller son oreille contre la porte pour les distinguer.

« Mais on aura quand même de quoi si je reviens avec un petit de la Ville… C'est pas comme si je voulais pas travailler et faire ma part. Laisse-moi juste revenir au village pour être avec notre petit gars.

— Non. Tu resteras là-bas, un point c'est tout !

— Mais qui va s'occuper de Marien pendant que je serai partie ? Tu penses quand même pas que je vais le laisser à la Michaude ? Elle le rendrait pas vivant, c'est sûr.

— Trouve quelqu'un d'autre, grogne l'homme. C'est pas les nourrices qui manquent par ici.

— T'es qu'un sans-cœur… J'en mourrai, moi, s'il arrive quelque chose à mon petiot.

— Je supporte plus tes jérémiades de bonne femme. Fiche-moi le camp d'ici. »

La porte s'ouvre si brutalement que Sylvaine a juste le temps de se reculer avant que la Madeleine ne soit projetée dans la rue. Elle titube, trouve appui contre le mur, s'affaisse sous le poids de la souffrance qui l'asphyxie. Sylvaine se remémore le jour où Gladie lui a été enlevée, reconnaît cette déchirure du corps et de l'âme, cette dislocation, fragmentation et éclatement de l'être. Elle s'accroupit près de la Madeleine, lui parle doucement :

« Je voulais pas me mêler de ce qui me regarde pas, mais je passais par là et j'ai tout entendu. »

La boiteuse lève ses yeux hagards et reconnaît la veuve du bûcheron. Sylvaine poursuit : « Si tu veux, ton petit gars, je veux bien te le garder. J'ai mon Jehan, qui a plus de deux ans et se débrouille bien tout seul maintenant. Y a aussi mon petit dernier, Avel, qui tète encore. »

Sylvaine marque une pause avant de demander :

« Et ton petiot, ça lui fait quel âge ?

— Il est né l'été dernier, murmure la Madeleine.

— Marien, c'est bien ça ?

— Oui.

— J'en prendrai bien soin. Il manquera de rien, je te promets. »

Sylvaine passe le bras de la Madeleine autour de son cou, l'aide à se relever, la soutient un moment.

« Il faudra me dire ses habitudes à ton petit. Comment il aime la bouillie, bien chaude ou plutôt tiède ?

— Tiède, répond la Madeleine en souriant.

— Viens me voir demain avec lui. Tu m'expliqueras tout. Et tu verras mes petits gars. Mon Jehan, il est doux comme un agneau avec son petit frère.

— Merci. Je veillerai à te dédommager comme il faut. »

Sylvaine se dépêche de rentrer. Les chandelles que l'on commence à allumer dans les maisonnées tremblotent, vacillent derrière les fenêtres, faibles lanternes dans le crépuscule. La veuve presse le pas, quitte le village, s'engage sur le sentier qui traverse la forêt.

Dès qu'elle en a franchi la lisière, le vent se lève et siffle, hulule dans les branchages. Sylvaine écoute la bourrasque qui gémit, pense à Avel, craint que son cri ne retentisse à cet instant précis dans la chaumière. Elle noue son châle plus fermement, se hâte. Le vent fait voler les pans de son fichu, soulève sa jupe longue. Elle marche aussi vite qu'elle peut mais des crampes dans le bas-ventre la gênent, l'obligent à ralentir. Elle s'arrête pour prendre un bâton qui soutiendra sa marche. Elle explore les abords du chemin recouverts d'une fine couche de givre, choisit une branche robuste de peuplier, s'apprête à repartir quand elle entend des craquements. Elle balaie la forêt du regard, croit entrevoir une ombre se faufiler entre les arbres. Le souvenir d'Andoche, de son corps massif taillant et sciant les branches, muscles bandés et sueur ruisselant sur son visage, la transperce. Elle scrute les sous-bois, cherche le bruit familier de la hache qui frappe et des troncs qui craquent, aiguise ses sens pour retrouver l'absent dans le fouillis obscur des ramures enchevêtrées, n'entend que la plainte du vent. Les arbres blessés, convalescents des sept nuits de tempête, l'observent. D'une voix forte, elle interroge l'immensité de la forêt : « Andoche, mon homme, tu es là ? » Seul le vent lui répond dans un chuintement qui se veut consolation.

Elle réalise soudain qu'Andoche est mort, indubitablement, et qu'il ne reviendra plus, si ce n'est dans ses rêves ou ses souvenirs. Un chagrin immense, une peine infinie s'abat sur elle comme un voile noir recouvrant toute source de lumière. Pour la première fois depuis la mort de son époux, elle pleure. La bise glaciale confisque aussitôt ses larmes, les transformant en minuscules glaçons, perles rondes et blanches, qu'elle recueille dans sa main. Elle reprend sa route et ses larmes qui continuent de poindre, comme si elles débordaient d'une cruche oubliée sous un filet d'eau, sont aussitôt figées par le souffle du vent hivernal.

Elle arrive à la chaumière, le poing empli de ces billes de larmes gelées. Sans ôter son châle ni saluer la vieille Margot, elle s'avance vers la cheminée et jette au feu, telle une poignée de châtaignes, son chagrin solidifié. Sa peine s'évapore dans un grésillement. Au même instant, Avel émet un long sifflement, un râle sibilant, qui s'étire, traîne et s'éteint dans un soupir.

J'ai dû m'arrêter brusquement d'écrire hier parce que j'ai été prise d'une fameuse colique. Ça m'a tout de suite rappelé les douleurs d'enfantement de la première fois. C'est trop tôt, j'ai pensé, faut pas que ça sorte. La vieille a fixé le prix à payer et je dois m'acquitter de ma dette.

J'ai serré les fesses en espérant que c'était la tambouille qui passait pas. Je me suis même demandé un moment si elle avait pas mis exprès un truc dedans. Rapport au fait qu'elle a des airs de sorcière. Mais non, je me suis dit, tu es pleine comme une barrique. C'est le petit qui veut sortir. J'ai eu du mal à me traîner jusqu'aux latrines tellement je me tordais de douleur. Je suis restée accroupie longtemps au-dessus du trou à essayer de faire sortir la merde qui venait pas.

La vieille m'attendait derrière la porte. Elle a rien dit. J'ai pas pu parler non plus. J'ai même pas pu la regarder. Mes yeux étaient encore tournés vers la scène de la première fois.

Elle a pris ma main. Ça m'a fait tressaillir parce que jamais personne m'avait approchée comme ça. Aussi prudemment. Comme on fait quand la rosse s'est sauvée et qu'il faut la rassurer avant de la reconduire dans l'enclos. Elle a pris le temps de la tenir vraiment. Je sentais ses doigts noueux, sa paume rugueuse et chaude.

Je sais pas pourquoi, ça m'a fait monter les larmes. J'ai pleuré doucement. Elle disait toujours rien. Je crois qu'elle a écouté mes larmes couler. Elle m'a emmenée dans la maison et m'a fait allonger sur le lit. Je pleurais encore et c'était doux de me sentir comme un nuage trop plein qui déverse sa pluie.

Elle a palpé mon ventre. Avec toutes les épaisseurs que j'enfile pour cacher ça, c'était pas commode. Sans qu'elle me demande rien, j'ai remonté tout mon fatras. Ça faisait comme une montagne de tissus qui me protégeait de ce que je voulais pas voir. J'ai quand même tourné la tête. Y a plein de choses à observer dans cette drôle de baraque. Pas comme dans la grange où y a que les poutres d'un noir crasseux et les bottes de foin qui sont comme des falaises. Ça m'avait déjà frappée le premier jour où j'étais venue mais j'étais bien trop tracassée pour m'y intéresser. Et quand j'écris, mes yeux voient plus. Sauf des images du passé.

Cette fois, j'ai décidé de regarder. Pour pas sentir et pas penser. Instinctivement, j'ai écarté les jambes. Je savais pas par où commencer dans tout ce fouillis. J'ai finalement choisi une étagère et j'ai pensé : faut que je l'apprenne par cœur. Que je sois capable de la revoir dans ma tête exactement comme elle est en vrai. C'est plus intéressant que compter le nombre de bottes de paille. Je sentais rien de ce qui se passait en bas et je me disais que ça fonctionnait drôlement bien mon truc de mémoire. Ça m'a fait sourire. Mais en fait, il se passait rien.

J'ai regardé la vieille qui, pour une fois, clignait pas des yeux. Elle les avait fermés. Elle a dit : je voudrais te guider. C'est important que tu saches, connaisses les signes. Ça m'a pas plu et j'ai serré les dents. J'ai fini par lâcher : je veux rien savoir de ce qui se passe là-dedans. Ferme les yeux, elle a répondu. Ça m'a fait du bien de savoir qu'on était toutes les deux dans le noir.

Elle a posé ses deux mains sur mon ventre. J'ai senti leur chaleur. Lentement, elle en a fait le tour. Plusieurs fois. Dans un sens puis dans l'autre. De plus en plus vite. J'avais l'impression que ses doigts étaient les danseurs de la fête des moissons. Ça tourbillonnait sur mon ventre et dans ma tête. Tout à coup, j'ai senti qu'il existait. Il prenait vie sous ses mains de sorcière. J'ai poussé un petit cri à cause de la surprise.

Elle a pas eu besoin de me prendre la main parce que ça m'avait rendue curieuse de comprendre qu'y avait là un truc que je connaissais pas. Moi aussi, je voulais le sentir avec mes doigts.

Ma peau était douce. Légèrement tendue. La vieille m'a laissé promener mes doigts sur mon ventre qui me faisait l'effet d'une colline bosselée par endroits. Puis elle a guidé ma main sur le côté droit. C'était tout dur. Pas de doute, y avait quelque chose là-dedans.

C'est son dos, elle a expliqué. Elle a fait remonter ma main. Et voilà ses fesses. Ça faisait une pointe dure, comme un cairn qu'on voit parfois au bord des chemins.

Sa tête est tout en bas, elle a ajouté, prête à sortir. Le travail a déjà commencé. Mais ça veut pas dire que la naissance est pour tout de suite. Ça peut prendre plusieurs jours.

Je préférerais, j'ai répondu, parce que j'ai pas fini le cahier.

Tu peux rester ici le temps de terminer, elle a dit. Maintenant, repose-toi.

Elle a sorti un matelas de paille de dessous son lit. Je me suis allongée dessus. J'ai dormi jusqu'à ce matin.

C'est soirée de solstice d'été.

Les trois enfants dorment dans la chaumière. Assise sur le banc de pierres dans la cour, Sylvaine se laisse chauffer par les rayons du soleil couchant, le corps alourdi par sa longue journée de travail. Son esprit vagabonde.

Elle songe à son homme, pense que s'il était toujours vivant, elle l'aurait accompagné aux festivités célébrant l'arrivée de l'été par un feu de bois, de la musique et des chants. Elle songe à Margot, pense qu'elle s'adonne sûrement à un rituel connu d'elle seule dans les replis de la forêt. Elle songe aux enfants, pense à Jehan qui parle de mieux en mieux, à Marien qui a fait ses premiers pas en l'absence de sa mère, à Avel sur le point d'être sevré. Depuis le printemps déjà, il mange de la bouillie et sa gloutonnerie l'a doté d'une épaisse couche de graisse, creusant des fossettes sur ses coudes et ses genoux. Elle songe à l'avenir, pense à l'argent qu'il faut trouver, à la nécessité de prendre en élevage un nourrisson de la Ville dont elle devra irrémédiablement se séparer après l'avoir choyé et allaité. Elle songe à Gladie, pense à cette enfant chérie qui lui manque tant et qu'elle a l'impression d'avoir abandonnée alors que celle-ci l'avait choisie pour mère. Ces pensées sont des bulles de savon qui s'envolent, glissantes et fuyantes, se heurtent les unes aux autres, se déforment et tremblent avant d'éclater.

Sylvaine va se coucher en même temps que le soleil et s'endort aussitôt. Elle rêve de l'enfant perdue, celle que lui avait donnée la lune. La fillette, mutique, est tapie, recroquevillée dans un coin sombre.

Finesse des traits dessinés au pinceau
Courbe délicieuse des joues, pêches juteuses à la peau veloutée
Longs sourcils blond cendré, arqués en vastes demi-lunes
Regard d'airain aussi pénétrant qu'une fléchette lancée par une sarbacane
Lèvres closes, rouge vermillon
La bouche se tait
Les yeux appellent,
Commandent,
Exigent

À son réveil, sa décision est prise : elle prendra en nourrissage un petit Trouvé. Comme le salaire versé par l'hospice est considérablement inférieur à celui donné par des parents de la Ville, elle gardera Marien en pension. Au prochain passage de La Chicane, elle négociera avec lui. Cet homme lui fait horreur mais elle est obligée de composer avec lui, seul intermédiaire entre l'hospice et les nourrices puisqu'il s'est octroyé le monopole de cette entremise.

La longue file de femmes et d'enfants s'allonge devant l'auberge comme un accordéon joyeux. À la vue de Sylvaine qui pousse sa charrette à bras où elle a placé Jehan et Marien, certaines nourrices chuchotent, la regardent avec pitié, éprouvent le soulagement de ne pas être à sa place. Une femme sans homme, si jeune surtout, ça fait un peu peur. D'autres lèvent le bras, la saluent, l'invitent à se joindre au groupe.

Sylvaine sourit et s'approche de la Bienvenu. Elle aide Jehan et Marien à descendre et aussitôt, les deux garçons courent vers les autres enfants qui se poursuivent autour du grand chêne.

« Heureuse de te voir ! s'exclame Marie. On part demain pour la Ville. Y aura Jeanne qui va se louer sur lieu. Fanchon part aussi pour son premier nourrissage. Elle emmènera son bébé. »

Sylvaine regarde la jeune femme, reconnaît dans ses yeux l'appréhension qu'elle avait eue, elle aussi, avant son premier voyage.

« Tu seras des nôtres ? demande la Bienvenu.

— J'espère bien », répond Sylvaine.

La Rousse, qui vient de toucher son salaire, les rejoint, en ronchonnant :

« Quelle fripouille ! Il prétend que mon premier Trouvé a plus de trois ans. Les gages baissent de moitié, vingt sous au lieu de quarante. Je sais bien, moi, qu'il en a à peine plus de deux. Il avait pas plus d'une semaine quand je l'ai pris. Je lui ai expliqué mais il a rien voulu savoir. Il m'a montré les registres. Comme si j'y comprenais quelque chose… Ça me fait enrager de pas pouvoir me défendre alors que je suis dans mon droit. »

La Bienvenu et Sylvaine la réconfortent. « On va y retourner ensemble et lui dire qu'on est témoins. Ton Trouvé, on s'en souvient bien, il avait pas plus de quelques jours quand tu l'as ramené. »

Les trois femmes se dirigent vers l'auberge, remontent la queue formée par les nourrices, expliquent qu'elles doivent parler au meneur sans attendre. Devant leur détermination, les corps s'effacent et le trio pénètre dans la taverne sombre. Les hommes qui ont déjà touché les salaires de leurs épouses parties à la Ville boivent, rient, parlent fort. Sylvaine reconnaît le mari de la Madeleine, s'avance vers lui et dit : « Marien va bien. Il joue sur la place. Tu veux le voir ? » L'homme marmonne, sort de sa poche une poignée de sous, compte cinq pièces et les tend à la nourrice. Celle-ci remarque un petit paquet défait sur la table. L'homme le fait glisser vers Sylvaine et déclare d'une voix pâteuse : « C'est pour le petit. »

La nourrice prend le paquet éventré. Il contient un bonnet de coton, orné d'un cœur brodé à la main. Elle observe l'ouvrage, le caresse, pense aux mains de Madeleine qui ont dit l'amour, le manque, l'attente du retour.

La voix de la Bienvenu résonne : « Tu sais plus compter, Allouïn ? J'étais là quand la Rousse a ramené son premier Trouvé. Sylvaine peut aussi témoigner. Il avait quelques jours, pas plus.

— Peut-être bien, répond le meneur. Mais dis-moi, elle l'allaite encore le petit ? M'étonnerait vu qu'elle en a pris un autre à mon dernier passage. L'hospice paie moins pour les nourrices sèches.

— C'est pas une question d'âge, alors ?

— Oui et non. Si le petit tétait encore, je lui aurais donné les quarante sous. Mais il peut pas vu que la place est prise. Tu veux vérifier dans le registre ? »

Il lui montre son cahier ouvert, couvert d'une forêt de signes obscurs.

— Ça va comme ça », se résigne la Rousse. Elle tire la Bienvenu par la manche.

« Viens, on s'en va. »

Sylvaine, le bonnet de Marien serré dans sa main, reste seule face à La Chicane, attablé derrière un pichet de vin. Allouïn la jauge d'un air goguenard puis lance : « Qu'est-ce tu veux, toi ? Je pensais pas te revoir après que tu as décliné mon offre de l'hiver dernier. Qu'est-ce donc qui t'amène ? Fais vite, y a du monde qui attend. » Sylvaine soutient le regard hostile du meneur et s'entend répondre : « Je viens vendre mon lait. » Allouïn ricane. « Tiens donc ! T'as changé d'avis alors ? » Après un silence, il ajoute plus bas : « J'en ai pas besoin de ton lait, moi. Regarde dehors. C'est plein de lait sur la place. Ça déborde de lait, tellement qu'y en a sous les corsages. On y boirait comme à la fontaine. Tu peux le garder pour tes poules, ton lait caillé. »

La Chicane se lève, fait le tour de la table, se presse contre la veuve, lui murmure dans son haleine fétide, empestant le vin mauvais : « À moins que tu m'y fasses goûter gratis à ton lait, histoire de se réconcilier. Je sortirai pas les dents, promis ma jolie. Je te téterai tout doucement. Viens me retrouver ce soir, on réglera notre différend en gens raisonnables. »

Allouïn la fait pivoter sur elle-même comme s'il s'agissait d'un épouvantail et la renvoie d'une claque sur les fesses.

Sylvaine sort de l'auberge, assommée par une déflagration d'images – la bouche édentée noire de chicots sur son sein tendre, les lèvres grasses autour de son mamelon délicat. La Bienvenu l'interpelle : « Alors ? Tu seras du voyage ?

— Il refuse de m'emmener », répond Sylvaine, la gorge nouée.

Elle n'ose raconter le chantage qui lui a été proposé, a l'impression que son silence, son absence de réaction face au meneur, l'ont rendue complice de ses intentions. La Bienvenu lui prend les mains : « Rejoins-nous quand même demain matin. On trouvera une solution. »

Sylvaine retrouve Marien dans la nuée d'enfants qui courent autour du grand chêne. Elle s'accroupit devant lui, lui tend le bonnet brodé. « Voilà un cadeau de ta Mammig qui pense fort à toi et veut pas que tu attrapes froid. À chaque fois que tu le porteras, ce sera comme si elle était près de toi. »

Le garçon écoute, observe le béguin, le tourne et le retourne, le met sur sa tête. Sylvaine ajuste le bonnet, dépose un baiser sur le front de Marien. Elle appelle Jehan, installe les deux enfants dans la charrette, prend le chemin de la forêt.

En marchant, elle ressasse les paroles et les gestes du meneur, s'en veut de ne pas s'être défendue. Elle aurait dû s'insurger, crier, se débattre, frapper. Ne pas se laisser faire, opposer sa volonté, sa force à celle de cet ivrogne lubrique. À mesure qu'elle se rapproche de la chaumière, sa colère, contre elle-même et cette vermine, monte, est reprise en écho par les hurlements d'Avel, de plus en plus sonores.

Margot l'attend dans la cour, le nourrisson vociférant dans ses bras.

« Qu'est-ce qui s'est passé ? demande la vieille femme. Il est impossible à calmer. »

Sylvaine prend son bébé dans ses bras, le câline, tente de l'apaiser, sort un sein de son corsage. Avel le refuse, s'époumone. Assis dans la charrette, Jehan et Marien se bouchent les oreilles. La voix de Sylvaine parvient à peine à couvrir les cris de son nourrisson. Elle raconte à son amie le chantage ignoble, son silence coupable, la proposition de Marie, conclut en disant : « Je me laisserai plus faire. » À ces mots, la bouche ouverte d'Avel se referme sur le mamelon de sa mère.

« Tu peux partir tranquille, dit Margot. Je m'occuperai des trois petits. » Puis elle ajoute : « Emporte le livre avec toi et arrange-toi pour le rendre à Gladie. Il lui appartient. »

À mon réveil, la vieille m'a tendu mon châle. On va prendre l'air, elle a dit.

Le vent frais sur ma figure, ça m'a fait du bien. J'ai levé les yeux vers le ciel. Il était tout blanc. Un ciel de lait, j'ai pensé. Aveugle.

On a marché dans la forêt. J'ai été surprise par l'allure de la vieille. Elle trottinait comme une souris et j'avais presque du mal à la suivre avec le poids dans mon ventre. Elle s'est arrêtée près d'un framboisier et m'a fait signe de l'aider à cueillir des feuilles. C'est pour préparer l'enfantement, elle a dit. On les fera infuser ce soir.

Un peu plus loin, elle a coupé de longues tiges avec des fleurs blanches en couronne au bout. Cette plante te permettra d'étouffer le fruit si tu es de nouveau grosse, elle a expliqué. J'ai repensé à la tisane que j'avais bue mais qui avait pas marché. J'ai rien dit pour pas la vexer. Comme si elle entendait mes pensées, elle a ajouté : On la confond souvent avec une autre.

Celle-là ne déclenche que des maux de ventre. Je vais te montrer la différence.

Elle a cherché un moment. Elle plissait les yeux et se penchait pour renifler. Elle a fini par trouver et elle m'a tendu une tige qui ressemblait rudement à l'autre. La différence, elle a expliqué, c'est le dessous des feuilles. Touche. J'ai passé mon doigt pour sentir. C'était velouté comme le léger duvet au-dessus de la lèvre. C'est surtout l'odeur qui compte, elle a dit en froissant les feuilles. J'ai comparé. L'une sentait les bois du marais et l'autre l'urine de chat.

On a continué à marcher jusqu'à une clairière. Voilà, elle a dit. On y est. J'ai regardé tout autour de moi. Y avait rien de spécial, juste des arbres qui semblaient monter la garde. Elle m'a demandé de m'allonger. L'herbe faisait un matelas moelleux et humide sous mon dos. J'ai regardé le ciel. Les nuages s'étaient presque retirés. Il restait plus que de grandes traînées blanches et entre les bandes plus ou moins larges, on apercevait le bleu du ciel. J'ai repéré la lune que j'avais d'abord confondue avec un nuage. Quand on la voit en plein jour, elle est toujours blanche, presque transparente. Elle était marbrée de gris, presque pleine.

J'ai entendu la vieille chanter. Tout doucement d'abord et de plus en fort. J'ai pensé que ça pouvait nous faire repérer mais bizarrement, ça m'a pas inquiétée. Je me sentais bien. Légère tout à coup, comme si j'étais délestée de ma charge au creux du ventre. Je comprenais pas les paroles qui étaient dans une autre langue. Ça m'a pas effrayée non plus.

La vieille est venue s'asseoir au-dessus de ma tête. Elle a lissé mes cheveux en continuant à chanter. J'ai fermé les yeux. J'ai fait un rêve, alors que je dormais pas.

J'ai rêvé que j'étais un oiseau. Un beau geai aux plumes bleues. Perchée dans un chêne, j'étais libre d'aller où je voulais. Pas comme dans la vraie vie où je suis comme une prisonnière. Il suffisait que je me laisse porter par le vent frais. Mais ça me faisait peur, tout cet espace vide autour de moi. J'avais le vertige et j'osais pas quitter ma branche. J'ai fini par m'élancer et j'ai volé. Longtemps. Jusqu'à ce que la peur me quitte. J'allais d'un arbre à l'autre sans me soucier de l'instant d'après. C'était doux et nouveau.

Quand je me suis réveillée, la vieille avait arrêté de chanter. Et moi, j'avais compris. Que je suis la seule à pouvoir me libérer.

À l'aube, dans le clair-obscur du demi-jour, Allouïn houspille la petite troupe de femmes pour qu'elles se dépêchent de monter dans la charrette. Sylvaine baisse la tête, essaie de se fondre dans la masse, de passer inaperçue.

Jeanne monte la première, suivie de Fanchon avec son nouveau-né. Sylvaine se hisse sur le plateau, a déjà un genou posé sur les planches de bois quand le meneur la remarque.

« Y a pas de place pour toi, grogne-t-il en ponctuant sa sentence d'un crachat visqueux.

— J'irai à pied », réplique la nourrice en redescendant.

La Bienvenu l'arrête à son passage, cherche sa main, la serre, lui glisse à l'oreille : « Tout ira bien. » Sans attendre que les passagères aient fini de monter, Sylvaine se met en marche, tourne le dos à la place, avance sur la route qui quitte le village. Dans son dos, elle entend les invectives du meneur qui presse les femmes, leur reproche de perdre du temps.

Quand toutes sont installées, il fait claquer son fouet, lance le cheval au trot, rattrape rapidement Sylvaine, manque de la renverser. La veuve a juste le temps de sauter dans le champ voisin pour l'éviter de justesse. Le nuage de poussière soulevé par l'attelage l'empêche de voir ses compagnes qui lui sourient, lui font un signe de la main.

Sylvaine époussette sa jupe, revient sur la route, marche d'un bon pas, sa besace en bandoulière. Elle se retient de courir, sait que le meneur devra ménager son cheval, qu'il ne pourra pas le mener à fond de train trop longtemps. L'important est de ne pas perdre la charrette de vue, de la suivre, même à bonne distance. Le sang afflue dans ses muscles. Elle avance en pensant au livre, caché au fond son sac, qu'elle rapporte à l'enfant de lune, à la joie que ce sera de la revoir, à la fierté de parcourir ce trajet à la seule force de ses jambes. Elle allonge le pas, essaie de trouver une cadence qui lui permette de marcher plusieurs heures d'affilée, de tenir toute la journée.

Le meneur fait repasser le cheval au pas. Les yeux dans les œillères, la bête de somme tire son chargement, écrase les pierres de la route, les enfonce sous ses larges sabots. Les passagères, secouées par les cahots du chemin, ont le regard tourné vers la marcheuse. Son ombre, que le soleil levant allonge démesurément sur le sol, fait penser à un titan, qui trébuche, sursaute, vacille.

Les vallons se succèdent. Dans le creux des plaines, Sylvaine perd la carriole de vue, attend le moment où elle verra réapparaître l'attelage. Le cheval souffle, renâcle, ralentit quand il doit monter une côte. Les nourrices se réjouissent alors de voir la silhouette se rapprocher, se sourient silencieusement.

Sylvaine parvient à ne pas se laisser distancer. Elle se sent grisée par la puissance de son corps qui avance sans rechigner, obéit à sa volonté sans se rebeller. Le soleil, qui monte dans le ciel sans nuage, la fait suer à grosses gouttes. Elle a déjà enlevé son châle, l'a roulé en boule et fourré dans sa besace.

Les plaines cèdent la place à un vaste plateau qui s'élance jusqu'à l'horizon. La lumière du soleil brûlant se réfracte sur cette étendue immense. Le regard brouillé par les reflets aveuglants, Sylvaine avance comme dans un songe sur une nappe d'eau irréelle.

Les nourrices remarquent que l'écart entre la voiture et la marcheuse se creuse petit à petit, inexorablement, que la silhouette de Sylvaine se floute, rétrécit, diminue.

La Bienvenu interpelle le meneur : « Dis donc, Allouïn ! Il est temps de faire une pause, tu crois pas ? » La Chicane ne répond pas. Marie insiste : « On n'en peut plus, nous, d'être ballottées comme ça. On a besoin de se dégourdir les jambes.

— Vous avez qu'à courir à côté, si ça vous chante. »

Le meneur attend d'être arrivé à l'extrémité du plateau au bout duquel se dresse une côte abrupte. Il vérifie par un bref coup d'œil que la silhouette de Sylvaine n'est qu'un point minuscule, demande aux passagères de descendre. Une à une, elles s'extirpent de la charrette. Lentement, pesamment. Elles massent leurs jambes endolories, ankylosées, s'étirent. Jeanne se dirige vers un champ voisin, s'y enfonce.

« Qu'est-ce tu fous ? s'énerve La Chicane.

— Je dois me soulager », répond-elle sans se retourner. Plusieurs nourrices lui emboîtent le pas.

« Faites vite ! » ordonne le meneur.

Les femmes reviennent, montent la côte derrière la charrette en traînant les pieds. Elles se poussent du coude, jouent l'insouciance, sont soulagées de voir la veuve se rapprocher. Elles lui font signe, du haut de la côte, agitent leurs bras tendus.

Sylvaine a dû courir pour les rattraper. Elle manque de souffle, inspire de plus en plus difficilement. Une pointe de côté l'oblige à s'arrêter. Les mains sur les genoux, elle peine à retrouver sa respiration, sent son cœur battre à tout rompre dans sa poitrine incendiée. Elle plonge la main dans sa besace, sort sa gourde. Elle boit, voudrait asperger son visage d'eau, rafraîchir ses joues en feu, mais elle n'a pas de temps à perdre et doit économiser l'eau. Elle repart, pense à ses enfants qui l'attendent, qui ont besoin d'elle, regrette son excès de confiance. Quelle folie de croire qu'elle pouvait marcher deux journées entières au rythme d'un cheval ! Il est pourtant trop tard pour faire demi-tour. Elle est allée trop loin, ne pourrait pas retrouver son chemin. Elle marche, avance, dompte son souffle, maîtrise ses muscles qui tremblent, ignore ses pieds qui saignent et sa tête qui tourne.

En fin de matinée, La Chicane arrête l'attelage à l'orée d'une forêt. Il détache le cheval couvert de sueur, le mène à la rivière qui longe la lisière des bois. Les femmes déballent leurs provisions, croquent dans les miches de pain, observent la silhouette de Sylvaine qui, bien qu'elle se rapproche, reste floue, imprécise.

Le meneur revient avec le cheval, l'attache au joug de l'attelage, ordonne aux nourrices de monter.

« Nos gourdes sont vides ! » s'exclame Marie.

La Chicane réfléchit, observe la silhouette encore lointaine.

« Allez-y, mais pas de finasserie ! Je vous jure que je partirai sans celles qui sont pas revenues à mon signal. »

Les nourrices se regardent. Seules La Bienvenu et Fanchon osent aller jusqu'à la rivière.

Elles y remplissent leurs gourdes prestement, entendent le meneur les appeler, se dépêchent de revenir à la charrette où les autres passagères sont déjà installées. Tandis qu'elles montent, La Chicane crie à Sylvaine, désormais à portée de voix : « On verra si tu peux t'en sortir dans ce labyrinthe ! »

Il lance le cheval au trot, s'engouffre dans la forêt touffue. Les virages sont serrés, les bifurcations nombreuses. Les nourrices glissent d'un côté puis de l'autre, doivent s'accrocher fermement aux rebords pour ne pas écraser leur voisine. La peur flotte dans les regards, rampe sur le plancher, s'infiltre dans les estomacs. Toutes pensent à la veuve qui risque de s'égarer dans ce lacis vertigineux. La Bienvenu proteste.

« Hé, Allouïn, ralentis donc. On l'a perdue pour de bon. »

Le meneur arrête la voiture, se retourne pour vérifier que la silhouette de Sylvaine a bel et bien disparu, fait repartir le cheval au pas.

Sylvaine avance dans la forêt à l'aveugle. Elle hésite à la première intersection, choisit de prendre le chemin de droite. Un cul-de-sac. Elle revient sur ses pas, retrouve le carrefour, continue tout droit. Les virages se succèdent et le sentier devient de plus en plus étroit, trop sans doute pour une carriole. Elle ne sait si elle doit continuer, faire demi-tour, revenir à l'embranchement, choisir une autre route. Elle lève les yeux vers le Ciel. Les arbres, qui s'élancent prodigieusement, semblent le toucher de leurs feuilles. Sylvaine enlace l'un d'eux, pose sa joue sur l'écorce rugueuse, ferme les yeux, sent la Terre vivante sous ses pieds. Elle respire calmement, attend de retrouver ses forces, à la croisée de ces deux mondes qui s'épousent, se complètent.

Dans la charrette, les femmes s'interrogent du regard, se demandent comment venir en aide à l'exclue, et leur silence dit l'impuissance face à la loi du plus fort. Fanchon baisse les yeux vers son nourrisson, posé sur ses genoux, entonne une berceuse. Elle adresse son chant, timide et hésitant, autant à son enfant si fragile, si démuni, qu'à elle-même. La Bienvenu joint sa voix à celle de sa compagne, qui enfle, gonfle, prend de l'assurance. Peu à peu, cette chanson est reprise en chœur par chacune des passagères, se propage comme un remède contre la peur, le désarroi.

La Chicane s'énerve.

« Vous allez vous taire, satanées bonnes femmes ! Ça va nous faire repérer. »

Sa voix est couverte par celles des mères qui chantent de plus belle, animées par la puissance du groupe, fortes de leurs voix mêlées. Leurs mains se joignent et leurs corps à l'unisson forment une ronde autour de ces notes qui s'élèvent tel un brasier, transpercent la voûte des arbres, montent jusqu'au Ciel, y tournoient, se diffusent dans l'espace, atteignent de leurs modulations la veuve enlacée à l'arbre. Sylvaine reconnaît cette berceuse qui console, rassure, encourage, la fredonne, coupe à travers les sous-bois, accrochée à cette chanson, corde lancée par ses compagnes.

La bouche emplie de ces accords triomphants, la Bienvenu défait les attaches du montant arrière de la charrette, laisse pendre ses jambes dans le vide, regarde le sol défiler sous ses yeux. La main de Jeanne l'agrippe. Marie se retourne, regarde sa compagne, et saute, arrimée à la mélodie. Sa silhouette est bientôt avalée par un virage, mais les nourrices entendent toujours sa voix, dont les envolées se joignent aux leurs, dont les rythmes trouent l'air comme des flèches. Jeanne saute à son tour, suivie peu après par une autre nourrice, et leurs corps disséminés dans la forêt forment un chapelet distendu, relié par le fil des voix unies.

Guidée par les timbres au diapason, Sylvaine progresse, retrouve Marie, la prend par la taille, et toutes deux remontent le courant, les maillons de la chaîne chantante. Le groupe des nourrices se reforme, embranchement après embranchement. Enlacées, elles continuent à clamer leur mélodie qui est une arme s'opposant à la volonté de perdre autrui, de lui nuire, de le mater par la force et la terreur. Elles rejoignent la carriole que le meneur a dû arrêter, n'ayant plus que deux passagers à son bord, Fanchon et son bébé.

Allouïn observe les nourrices approcher. À la manière d'un troupeau attaqué qui place en centre le membre le plus vulnérable, les femmes entourent, protègent Sylvaine de leurs corps assemblés, érigés en barrière. Le meneur crache par terre et leur fait signe d'embarquer.

En rentrant à la bicoque de la vieille, on a pas parlé. J'étais plongée dans mes pensées.

Je revoyais la grange, les bottes de foin où il m'avait culbutée, où il en avait culbuté d'autres. Je revoyais aussi la corde que j'avais attachée à la poutre, mon corps qui avait vacillé. Tout d'un coup, une colère énorme m'a engloutie. J'ai hurlé de rage. Un cri comme j'en avais jamais poussé. Ça m'a déchiré les tympans et mis la gorge en feu. J'ai même pas pensé qu'on pourrait m'entendre et venir. Y avait juste ce cri de colère qui n'en finissait pas de sortir. C'est pas juste, c'est pas juste, j'ai pensé. C'est lui qui aurait dû être à ma place. C'est lui qu'on devrait pendre.

Quand on est arrivées à la masure, j'ai demandé à la vieille le poison qu'il me faut. Elle a pas eu l'air surprise et elle est allée chercher une racine qui ressemble à un navet. Il suffit de la râper, elle a dit. Deux ou trois bouchées suffisent, mais le goût est très fort. J'ajouterai du radis noir à la soupe, ça couvre toutes les autres saveurs. Je sais qu'il en reste dans le cellier. Je servirai toutes les assiettes avant le retour des champs. Vu qu'il se met toujours à la même place, en bout de table, je risque pas de faire d'autres victimes. Même si certains mériteraient de mourir aussi pour laisser faire sans rien dire.

Je nous imagine en train de manger à la table commune. Le bruit des cuillères qui tapent contre les écuelles. Si quelqu'un s'étonne du goût, j'expliquerai pour le radis noir. On va quand même pas gâcher, je dirai. Quand le maître sera pris de convulsions, faudra que j'aie l'air surprise. J'ouvrirai la bouche en grand. Il s'agrippera à la table avant de s'écrouler au sol. Maé se précipitera vers lui pour le secourir. J'irai préparer une compresse dans la cuisine. Quand je reviendrai, il sera comme un chien enragé, de la bave plein la gueule et les yeux fous. Je m'agenouillerai près de lui pour poser la compresse sur son front. Je le regarderai dans les yeux. Il comprendra que c'est moi qui lui ai fait ça. Il pourra pas parler. S'il tend le bras vers moi pour m'accuser, je lui prendrai la main. Les autres seront tellement choqués qu'ils penseront pas à me regarder. Ils n'auront d'yeux que pour le maître qui râlera, secoué de spasmes. J'espère que son agonie sera lente et douloureuse. Qu'il ait le temps de comprendre qu'il est en train de mourir et pourquoi.

Maé sera triste sans doute après ça. J'irai le consoler. On pourra reprendre là où on s'était arrêtés. Il héritera de la ferme et on arrivera peut-être à être heureux malgré ce que j'aurai fait.

C'est risqué, mais inévitable. Je peux plus vivre comme ça. Si je fais rien, ça va recommencer, encore et encore. C'est certain. Et si je m'enfuis ailleurs, je risque de tomber sur un cochon de la même espèce.

Sylvaine quitte le bureau des nourrices le cœur battant. Elle dispose d'une poignée d'heures pour retrouver la maison où habite Gladie, lui remettre le livre, aller chercher un Trouvé au Tour et revenir. Son agitation est moins due au court délai qui lui est imparti, qu'à l'appréhension, mêlée d'impatience et de joie, des retrouvailles avec l'enfant de la nuit.

Voilà presque un an qu'elles ont été séparées. Sylvaine n'a rien oublié de l'enfant de lune : ni le duveté de sa peau, ni son odeur poudrée, ni l'acuité de son regard. Elle sait que la morphologie de la petite fille a changé, que les traits de son visage ont évolué. Elle s'attend à la revoir grandie, anticipe la différence de taille, de proportions, essaie d'inscrire dans une image mentale la modification de son apparence. Elle redoute d'avoir un mouvement d'arrêt, voire de recul devant ce petit être qui lui était si intime et familier pour l'avoir bercé, cajolé, lavé tant de fois. Mais non ! Toutes les fibres de son corps le reconnaîtront instantanément, membre fantôme miraculeusement repoussé. Une autre question la taraude : qu'en sera-t-il pour Gladie ? Reconnaîtra-t-elle sa Mammig, celle qui l'a nourrie de son lait, de ses caresses, de son amour ? Est-il possible de méconnaître celle qui fut le prolongement de soi, qui partagea le plus viscéral d'elle-même sans restriction ?

Absorbée par ces questions, Sylvaine avance, se laisse porter par la foule de gens, de voitures, envahir par les odeurs et les bruits, tâche de se fier à son instinct pour deviner le chemin à suivre. Intérieurement, elle implore l'enfant de lune, appelle, supplie. Il faut qu'elle l'aide à arriver jusqu'à elle, qu'elle la guide comme elle l'avait fait la première nuit, celle de l'Appel, lors de laquelle Sylvaine avait été convoquée, menée dans la clairière nue, où la tout-juste-née l'attendait. Il faut que le prodige se reproduise pour que Sylvaine puisse étancher sa soif du petit corps, sensation incomparable, irremplaçable, apaiser le manque quelques instants, remplir le vide pour pouvoir le supporter à nouveau pendant des jours et des nuits sans fin. Car ce moment inouï des retrouvailles sera bref, la nourrice le sait sans vouloir y penser, frustrant – à peine entamé, sitôt achevé. Le livre qu'elle a glissé dans son corsage contre son sein lui servira de prétexte pour revoir la petite fille, calmer la douleur obsédante de l'absence, se ressourcer dans une étreinte, tenter de retenir une odeur, une saveur.

Dans l'agitation de la Ville, les vagues humaines se soulèvent, portent Sylvaine d'une rue à l'autre, de maisons en immeubles, de places en bâtiments, la portent et l'emmènent, la font avancer vers celle qui l'attend depuis le jour où elle l'a appelée muettement, celle qui continue de l'appeler en secret depuis qu'elle est devenue Aglaé.

Tout à coup, elle est là. Devant la porte cochère que l'homme au chapeau beige avait poussée pour pénétrer dans la cour. Sans hésiter, Sylvaine fait pivoter sur ses gonds grinçants l'immense portail. La maison qui abrite Gladie lui fait face. La nourrice observe la façade, sait que la fenêtre du premier étage donne sur la chambre parentale. Il lui semble voir un rideau de mousseline se soulever, une ombre se déplacer. Elle avance jusqu'au perron, sort le livre de son corsage, frappe trois coups brefs. La porte s'entrouvre sur le visage buté de Lucienne. « C'est pour… ? »

Sylvaine s'efforce de regarder à l'intérieur, derrière la vieille servante qui fait obstacle, barrage. Elle voudrait qu'elle se pousse, la laisse entrer, qu'elle puisse voir l'enfant enfin, la serrer longuement contre elle, l'enlacer, l'embrasser, humer l'odeur inimitable, inoubliable de sa chevelure. Mais Lucienne s'obstine à rester plantée dans l'embrasure de la porte, corps compact, opaque entre Sylvaine et Gladie. En cerbère vigilant, elle attend une réponse pour s'effacer devant l'intruse. La nourrice ne sait que dire, se dandine d'une jambe sur l'autre, se dresse sur la pointe des pieds, tend le cou pour essayer de voir par-dessus l'épaule du corps frêle mais bien campé, et sa curiosité, son impatience, son mutisme semblent suspects à la vieille servante qui s'apprête à refermer la porte. Sylvaine l'en empêche en glissant son pied entre l'encadrement et la porte entrebâillée. « Non ! » Elle cherche ses mots, bredouille, bafouille. « C'est pour… je suis… je m'appelle Sylvaine. J'ai été la nourrice de la petite qui habite ici. » Imperturbable, Lucienne reste vissée au sol. « C'est que… j'avais pensé, vu que je suis venue à la Ville pour prendre un autre petit, que je pourrais peut-être… »

Le babillage de Gladie se fait entendre, fragile chant d'oiseau en cage. Sylvaine, dont le cœur cogne à tout rompre, est soulevée d'enthousiasme, son débit s'accélère. « Je suis sa Mammig, vous comprenez ? C'est moi qui l'ai nourrie au sein depuis qu'elle est toute petite, jusqu'au jour où ils sont venus la chercher. » Le gazouillement se rapproche, s'intensifie et Sylvaine part d'un grand rire. « La voilà qui parle maintenant ! Elle en dit des choses, la coquine. » La méfiance de Lucienne faiblit devant la joie manifeste. La servante ouvre la porte, s'efface derrière le battant, dégage la vue sur le vestibule et l'escalier. Plantée en haut des marches, la silhouette de Faustine les surplombe.

« Qu'est-ce que c'est, Lucienne ? tonne-t-elle.

— C'est l'ancienne nourrice d'Aglaé qui est venue faire une visite à la petite. » Faustine dévale l'escalier à toute allure en éructant :

« Sale traînée, comment oses-tu revenir ici ? Ça ne t'a pas suffi de me voler mon mari, il a fallu que tu prennes ma fille aussi ? Je vais te faire payer ton crime, catin, meurtrière ! »

Les poings brandis, la bouche tordue dans une grimace, elle pousse brutalement Lucienne contre le mur, se rue sur Sylvaine ahurie, fait pleuvoir une grêle de coups sur son dos. La nourrice se protège le visage de ses bras pliés. Faustine s'arrête subitement quand elle aperçoit le cahier entre les doigts crispés.

« Qu'est-ce que c'est que ça ? » demande-t-elle en s'emparant du livre.

Sylvaine peine à reprendre son souffle, balbutie. « C'est pour ça que je suis venue. C'est à la petite, je viens lui rendre. »

Faustine a déjà ouvert l'ouvrage et le parcourt fiévreusement.

« Qu'est-ce que c'est que cette histoire ? demande-t-elle. Et vous, qui êtes-vous ?

— J'ai été la nourrice de l'enfant. Vous êtes venue avec votre homme la chercher chez nous, vous vous souvenez ? »

Faustine la dévisage. « Non, je ne me souviens pas. En tout cas, vous n'êtes pas la nourrice de ma fille, c'est certain. La diablesse était autrement plus jolie que vous. Et plus jeune. Cette putain a été engrossée par mon mari et a assassiné ma fille. Son lait n'était qu'un lent poison qui a fini par tuer mon enfant. »

Faustine s'effondre au sol tel un pantin désarticulé, jambes coupées et tête branlante. Sylvaine s'approche, s'accroupit.

« C'est terrible ce qui vous est arrivé. Vraiment terrible. » Faustine relève la tête.

« Ils veulent me consoler avec celle-là, dit-elle en désignant l'escalier du menton. Mais je sais bien que ce n'est pas la mienne ! J'ai mis du temps à comprendre pourquoi mon mari l'avait fait venir jusqu'ici. Il disait que c'était notre fille, que la catin avait échangé nos bébés pour garder son enfant près d'elle. Mais ça ne tient pas debout, cette histoire de substitution. J'aurais reconnu ma petite chérie entre mille nourrissons. Non, la vérité, c'est que c'est sa fille à lui, celle qu'il a eue avec cette traînée. Il a essayé de me berner, le traître, mais je ne suis pas dupe. Ma princesse est morte et enterrée, et personne, vous m'entendez, personne ne pourra jamais la remplacer. Ça me rend folle que tous fassent semblant et prétendent qu'il s'agit d'Aglaé. Ce n'est pas ma fille, vous comprenez ? Ce n'est pas Aglaé ! Pire, c'est l'enfant de l'autre… »

Cette déclaration résonne dans le silence du vestibule.

« Je suis obligée de la voir tous les jours, c'est une véritable torture. Elle me rappelle ma fillette chérie qui serait si belle aujourd'hui. Voulez-vous me rendre un grand service ? Prenez cette enfant avec vous. Je n'en peux plus de vivre avec elle, ça me fait trop mal. Elle me fait peur aussi. C'est la fille d'une meurtrière et qui sait ce dont elle est capable… Prenez-la, je vous en supplie ! »

Sylvaine n'ose croire à cette proposition qu'elle n'avait pas envisagée, tant elle surpasse toutes ses espérances. Son instinct lui enjoint de rester calme, impassible, de camoufler sa joie, comme si la manifestation de son bonheur pouvait faire basculer la décision de Faustine. Ne rien laisser transparaître, verrouiller, cadenasser l'émotion de peur qu'elle ne déborde, différer le moment de son explosion, temporiser.

« Si c'est une question d'argent, on peut s'arranger. Attendez-moi ici. »

Lucienne, massant son épaule meurtrie, prévient Sylvaine avant de disparaître dans la cuisine :

« Vous feriez mieux de vous méfier. Elle est cinglée. Complètement siphonnée. »

Faustine revient avec un petit sac et une bourse qu'elle place dans la main de Sylvaine. Elle enserre de ses deux paumes le poing fermé de la nourrice pour l'inciter à garder l'argent.

« C'est tout ce que j'ai. Acceptez, je vous en prie. » Elle fixe Sylvaine de ses yeux redevenus clairs.

« Je vous reconnais à présent. Vous êtes la femme de la campagne, celle que la petite appelait au réveil, sa Mammig. Venez avec moi. Elle se cache toujours sous l'escalier. »

Joie ineffable des retrouvailles
Temps suspendu
Souffle retenu
Prendre la mesure de l'autre
Reconnaître le semblable, mesurer le différent
Il est là, bien vivant, bien présent
Ni rêve ni illusion
À portée de doigts, de nez, de bouche
Retarder le moment
Il est trop tôt pour se toucher, s'étreindre, se respirer
Prendre son temps, ne rien brusquer, ne pas effaroucher
S'apprivoiser du regard
Dire avec les yeux ce que la bouche ne peut encore formuler

Faustine est pressée de voir la nourrice s'en aller avec la petite. Alors qu'elle n'avait pas touché la fillette depuis la fin des nuits de tempête, elle la revêt de son manteau, la pousse vers la porte ainsi que Sylvaine. Celle-ci résiste, rechigne à partir, hésite, ose demander :

« Pouvez-vous me rendre le livre que j'avais apporté ?

— Où l'ai-je fourré ? Le voilà ! clame-t-elle en le sortant de l'une de ses poches. L'avez-vous lu ?

— C'est que… balbutie Sylvaine. Non, je ne l'ai pas lu.

— Suis-je bête ! Je me demande bien comment il vous est tombé entre les mains. C'est un tissu d'inepties, un canular grotesque. Et dans ces cas-là, une seule chose à faire ! déclare-t-elle, l'air malicieux. Suivez-moi. » Elle entraîne Sylvaine dans la cuisine, ouvre le cahier, l'approche du feu. Lucienne attrape le poignet de Faustine, le retient fermement. Faustine dévisage la vieille servante qui ne desserre pas l'étau de sa main. « C'est à la petite, ça », dit-elle en regardant le livre.

« Soit ! concède Faustine, en rendant le cahier à Sylvaine. Et maintenant, oust, du balai ! »

Dans la rue, Sylvaine se penche vers l'enfant, lui sourit en lui tendant la main. « On rentre chez nous, ma petite. » La poitrine gonflée d'une joie pure, elle retourne au bureau des nourrices sans passer par le Tour, la précieuse main de Gladie serrée dans la sienne.

Adossé à sa charrette, le meneur ricane en voyant Sylvaine arriver en compagnie d'une fillette qui marche. Il lui lance, un mauvais sourire d'ironie aux lèvres :

« Voilà ton butin ! Tu as été recalée à ce que je vois. Si c'est pas malheureux de passer nourrice sèche à ton âge… Quel gâchis ! Mais c'est ce qui arrive quand on veut jouer cavalier seul. T'aurais mieux fait de passer par mon intermédiaire. Je t'aurais dégoté au moins un Trouvé, peut-être même deux. »

Sylvaine se campe devant lui, sort la bourse donnée par Faustine, en extrait une pièce d'argent.

« Voici de quoi payer notre voyage à toutes les deux. »

Le meneur se saisit de la pièce, la tourne et la soupèse, lâche enfin : « Attends-moi dedans. Je te ferai signe pour le départ. »

Sylvaine emmène Gladie dans un coin de l'entrepôt, assoit l'enfant sur une paillasse, s'accroupit en face d'elle.

« Tu sais qui je suis ? demande-t-elle.

— Oui. Mammig. »

La jeune femme rit de bonheur.

« C'est bien ça, je suis ta Mammig ! C'est moi qui t'ai nourrie de mon lait. Regarde. »

Elle dégrafe son corsage, découvre ses seins gonflés, irrigués de veines bleuâtres. « Tétée ! » s'écrie Gladie à la vue de la poitrine découverte. Elle tend la main vers le mamelon, interrompt son geste, interroge Sylvaine du regard. En la prenant sur ses genoux, celle-ci répond : « C'est juste pour cette fois-ci, ma petite. Pour que tu te souviennes du bon temps d'avant. Et puis ça me soulagera vu que mon Avel a pas tété depuis deux jours. »

Gladie se blottit contre sa nourrice, suce le lait abondant et ses yeux se ferment de volupté. Sylvaine caresse la chevelure de l'enfant, en hume l'odeur boisée, retrouve les gestes de tendresse oubliée, l'emboîtement parfait des corps enlacés. Elle lui murmure : « Tu es mon enfant de lune retrouvée. Je croyais t'avoir perdue pour toujours mais nous voilà réunies. »

Un grand calme règne dans la maison après le départ de l'enfant. La journée s'étire. Faustine s'occupe à ranger, semble patienter. Au crépuscule, elle revêt son manteau, son chapeau et ses gants, sort. Elle marche d'un pas décidé, le visage fermé, concentrée, tendue vers son but. Ses foulées l'entraînent vers l'extérieur de la Ville et à mesure qu'elle s'en éloigne, les lumières se raréfient, l'obscurité gagne en intensité et profondeur, recouvrant tout, le paysage et son cœur. L'absence de lune troue le ciel d'une béance noire. Faustine trébuche sur des pierres âpres, des racines tortueuses, ne ralentit pas l'allure pour autant. Ses yeux, dont les pupilles dilatées à l'extrême mangent tout l'iris, sont semblables à ceux d'une aveugle, fixés sur un point invisible. Ils sont rivés sur le lointain, mais ne regardent qu'à l'intérieur d'elle-même, plaine désolée plombée par une nuit d'encre. Elle marche dans la campagne telle une somnambule prisonnière de son cauchemar. Sa présence alerte les chiens qui montent la garde, aboient férocement, se répondent par des hurlements menaçants. Elle a quitté les sentiers, s'enfonce dans les taillis qui déchirent sa robe, griffent son visage, écorchent ses mains. Insensible aux morsures de la végétation, elle poursuit la route rectiligne qu'elle s'est tracée, reliant Gladie à Aglaé, chemine vers son enfant morte. Ce n'est pas au cimetière qu'elle la reverra. Là ne gît qu'un squelette décharné, simulacre pathétique de la fillette chérie. C'est dans le sein de la terre qu'elle la retrouvera intacte et souriante, potelée et vivante. Elle quitte la vallée, traverse les broussailles qui bordent la forêt, s'y engage résolument. Elle se fraie un passage dans le lacis de branchages, enjambe, grimpe, glisse, se coule, rampe, se relève. Le bois mort craque, les myriades de feuilles escortent la mince silhouette en voletant comme des papillons de nuit.

L'étang n'est plus qu'à quelques enjambées. L'odeur de pourriture guide Faustine vers sa destination, une eau stagnante qui s'étend au-delà d'un gigantesque saule pleureur estropié par les sept nuits de tempête. Elle contourne l'arbre et aussitôt ses bottines s'enfoncent dans la vase molle. L'eau glacée vient lécher l'ourlet de sa robe dans un léger clapotis. Elle progresse lentement. À chaque pas, elle doit arracher ses souliers à la boue avide, ogresse insatiable qui cherche à la retenir. Ses vêtements trempés l'alourdissent, la ralentissent. Alors qu'elle a de l'eau jusqu'à la poitrine, la force de succion est trop forte, elle ne parvient plus à retirer ses pieds du sol fangeux. Plus elle insiste, plus la pression se referme sur ses chevilles emprisonnées. Elle essaie de poursuivre son avancée à l'aide de ses bras, tente de s'agripper au liquide qui s'échappe, fait des mouvements de moulinet inutiles, frappe l'eau du poing, s'énerve, râle. La voilà bloquée, piégée. Elle enrage de ne pouvoir atteindre le centre de l'étang, là où son enfant trop longtemps disparue l'attend. Elle doute de jamais pouvoir y parvenir. Sa gorge se serre, ses yeux se ferment. « Aglaé… » implore-t-elle dans un souffle. Elle réitère son appel qui est prière, récite en litanies le prénom de sa fille et sa voix s'élève dans un chant de plus en plus puissant, lancinant. Le corps accompagne la plainte par un mouvement de pendule, métronome qui scande la mélopée. À chaque oscillation, l'étau de la vase se desserre, dégageant peu à peu les chevilles captives puis les pieds. La jeune femme se laisse basculer en arrière, s'allonge dans son cercueil liquide en susurrant : « Ma toute petite, ma princesse chérie… Maman est là. Je suis venue te rejoindre. »

J'arrive presque à la fin du cahier. J'ai rempli toutes ces pages de mon histoire et de mes pensées. Raconter ces choses-là, c'était pas facile. Et en même temps, ça m'a soulagée. Drôle de sensation. Un peu comme quand on a un furoncle. À chaque fois qu'on effleure l'abcès, ça fait mal. Pour guérir, faut avoir le courage de presser fermement. C'est douloureux mais quand le pus est sorti, on se sent mieux.

Depuis que la vieille m'a touchée, je te sens bouger dans mon ventre. Je me demande la vie que tu auras. J'espère qu'elle sera meilleure que la mienne. Si tu es un garçon, tu t'en sortiras mieux. J'ai demandé à la vieille si elle avait un remède pour ça. Non, elle m'a répondu en souriant.

Je lui ai aussi demandé ce qu'elle allait faire de toi. Ne t'inquiète pas, elle a dit. Je m'en occuperai bien. J'ai compris qu'elle allait te garder avec elle. J'ai pensé à ma mémé qui m'a élevée. On aura ça en commun, toi et moi.

Une grand-mère à la place d'une mère. Je sais pas ce que tu deviendras quand elle sera morte. Mais avoir quelqu'un pour le début, c'est déjà bien. Faut pas penser trop loin.

Et pour le lait, comment vous allez faire ? j'ai encore demandé. Au lieu de répondre à ma question, elle m'a raconté son histoire. Je suis née d'une femme comme toi, elle a dit. Qui n'avait pas choisi d'être mère. Elle est venue chercher de l'aide, ici, dans cette maison, auprès de celle qui l'habitait avant moi. J'ai été confiée à la terre et à la lune. Ce sont nos mères à tous. Elles prennent soin de chacun, à condition de s'en remettre à leur pouvoir. J'ai toujours eu ce dont j'avais besoin.

Et le cahier, j'ai demandé. C'est pour quoi ? Je le donnerai à ton enfant. Car ton histoire, c'est aussi la sienne.

J'ai eu envie de déchirer toutes les pages que j'avais écrites. J'ai pleuré. La vieille m'a prise dans ses bras. Elle a chuchoté à mon oreille.

C'est le plus beau cadeau que tu puisses lui faire, le meilleur héritage que tu puisses lui laisser. Rares sont les humains qui osent se regarder tels qu'ils sont. Encore plus rares sont ceux qui osent se montrer aux autres dans leur vérité nue.

J'ai pensé qu'elle avait raison. Que si on avait le courage de regarder les choses en face, les filles seraient pas obligées de faire des choses pareilles.

Voilà. J'ai payé le prix demandé. Je t'ai confié mes secrets qui étaient comme des pierres qui m'entraînaient au fond de l'eau. Je me sens plus légère maintenant. Je partirai très vite après ta naissance. Je crois pas que j'aurai le courage de te regarder.

J'essaierai de vivre sans penser à toi, mon bébé que j'aurai pas connu.

C'est l'aube. Un cliquetis, un léger tambourinement réveille Sylvaine. Elle se lève, s'approche de la fenêtre, découvre un oiseau qui becquette la vitre. De couleur fauve, le geai arbore de longues plumes noires zébrées d'un bleu vif. Un collier noir enserre sa gorge blanche. Sylvaine l'observe un moment, admire les couleurs éclatantes de son plumage, s'étonne de sa hardiesse, son opiniâtreté à frapper le vitrage. L'oiseau s'arrête soudain, tourne la tête, la regarde et émet un cri enroué comme pour l'inviter à le rejoindre.

La nourrice s'habille rapidement, vérifie que les quatre enfants sont bien couverts, découvre que Gladie est éveillée. L'enfant contemple le geai qui dodeline de la tête, perché sur le rebord de la fenêtre. Sylvaine lui chuchote : « En voilà un drôle d'animal ! On dirait qu'il veut nous dire quelque chose. Sortons voir ce qu'il a. »

En ouvrant la porte de la chaumière, elle découvre la silhouette de la vieille Margot qui se détache dans le contre-jour, au-devant de la cour. Les rayons du soleil naissant découpent les contours de son corps à l'arrêt, l'entourent d'un halo scintillant. Éblouie, Sylvaine place sa main en visière sur son front tandis que Gladie se blottit dans son giron. La vieille femme s'avance jusqu'à elles et dit simplement : « Va avec l'enfant. Je t'attendrai ici et veillerai sur les garçons. »

Un croissant de soleil horizontal, énorme, aveuglant, surplombe la forêt. La plaine est nappée d'un brouillard dense, teinté de mauve pâle et de cuivre orangé. On dirait que le ciel d'aurore est descendu sur la terre, que les nuages ont déserté l'azur pour se réfugier au sol, à hauteur d'humains. Sylvaine s'engage dans cette nuée épaisse, mer vaporeuse et colorée, en serrant la main de l'enfant de lune dans la sienne. La brume se retire devant elles, s'efface, se dissout à leur passage. Mère et fille traversent la vallée en silence et lorsqu'elles atteignent la lisière de la forêt, elles sont accueillies par le jasement du geai. Perché dans un bouleau, l'oiseau cacarde impatiemment. Il s'envole à leur arrivée, les attend quelques arbres plus loin. Il les guide ainsi vers le cœur des bois, les accompagne jusqu'au lieu de leur rencontre originelle, en volant de branches en branches, couvrant de sa voix éraillée l'aubade des moineaux, mésanges et bergeronnettes.

La clairière est plongée dans une semi-obscurité. Dans le soleil levant, les arbres, sentinelles vigilantes, projettent leurs ombres gigantesques sur le sol herbu.

« Nous y voilà, annonce Sylvaine. C'est ici que je t'ai découverte. »

La nourrice raconte à l'enfant son histoire. Gladie ne perd pas une miette du récit des origines. Elle écoute, tous les sens en alerte, attentive aussi bien aux mots qui sont dits qu'aux expressions du visage, aux gestes, à l'intonation de la voix. Elle écoute et comprend la nuit magique de l'Appel, la force d'attraction irrésistible qui a mené Sylvaine jusqu'à elle, la petite morte qui les a unies puis séparées, la folie de Faustine, les retrouvailles enfin, le livre sauvé de justesse.

Sylvaine conclut en disant :

« Tu pourras le lire quand tu seras grande. Je m'arrangerai pour que tu apprennes. »

Gladie hoche la tête, prend la main de sa nourrice pour y déposer un baiser. Puis elle s'élance joyeusement dans la clairière, sautille, cabriole, prend possession de l'espace. Elle tend les bras, les lève vers le ciel pur, tourne sur elle-même en fredonnant un air de son invention. Sylvaine l'observe à distance, affectueusement, admirant son enthousiasme, sa liberté de mouvements, sa faculté à jouir de son corps sans retenue.

Des sous-bois surgit une très jeune femme à la longue chevelure dorée. Elle s'avance vers Gladie, les bras tendus. Son ombre, qui s'étend sur le sol, est celle d'un oiseau aux immenses ailes déployées. La fillette prend la main de l'inconnue à laquelle elle ressemble étrangement, et se laisse entraîner dans une danse de lumière, une chorégraphie flamboyante. La femme-oiseau fait tourner et virevolter son enfant à son rythme, l'invite à suivre ses pas, ses mouvements gracieux. Par cette valse, Zaïg enseigne à sa fille la liberté à retrouver, à conquérir. Puis elle s'ébroue, couvre la fillette de son ombre et s'envole dans un bruissement d'ailes.

Épilogue

Tu m'as demandé de t'écrire.

C'était ta dernière volonté. Tu avais tant maigri, visage émacié et chair dissoute, consumée jusqu'à la lie, que tu ressemblais à un moineau frêle, aussi léger qu'une fronde de fougère. Tu avais l'air perdue au milieu des oreillers que j'avais entassés sous ton dos. Assise sur le bord du lit, je caressais ta main calleuse. Tu m'as dit : Écris-moi. J'ai cru avoir mal compris. Ma gorge était nouée comme une corde tressée trop fermement et je n'ai pas pu parler. Tu as répété distinctement : Écris-moi. Ta main a serré fort la mienne. Ta poigne était celle d'un aigle. J'ai promis.

Tes yeux se sont fermés, tes doigts se sont relâchés. C'est moi qui ai serré ta main plus fort. J'aurais voulu te retenir. Te garder encore à mes côtés. Pour moi, tu étais sans âge, vieille depuis toujours, et cela aurait dû te permettre d'échapper à la Faucheuse.

Mon chagrin, si lourd, n'a pas suffi pour t'arrimer au sol. On n'arrête pas les aigrettes de pissenlit emportées par le vent.

J'ai veillé ton corps mort toute la nuit. J'avais besoin d'égrener ces heures sombres, silencieuses, en ta seule compagnie. De même que tu pouvais voir sans lumière, j'ai pu te parler sans mots. Je t'ai dit l'amour et l'admiration, la gratitude et la reconnaissance envers la mère que tu as été pour moi. Si Mammig m'a nourrie de son lait et de sa tendresse, tu es celle qui m'as permis d'habiter le monde en m'apprenant l'écoute du vivant, l'attention infinie à ses tressaillements.

À l'aube, j'ai ouvert les fenêtres en grand et fait brûler de la sauge blanche. Je t'ai lavée, t'ai enveloppée dans un linge blanc, ai lissé tes cheveux et refait tes nattes grises en les mêlant à des fleurs séchées. Tu ressemblais autant à une petite fille qu'à une vieillarde.

Jehan et Avel t'ont portée jusqu'à la clairière. Mammig, ses quatre petits pensionnaires et moi fermions le cortège. Nous t'avons déposée dans le sein de la terre.

Après ta mort, je me suis installée définitivement dans ta maison. Mammig n'a pas cherché à m'en dissuader. Quand je suis venue prendre mes affaires, elle a eu le même sourire mélancolique, la même joie obscurcie par la conscience du manque à venir qu'au moment où Avel est parti pour ne plus revenir.

Je me souviens de ce jour de printemps. Il pleuvait sans discontinuer depuis plus d'une lune. La terre était devenue un marécage fangeux et le sol, suffocant, débordait de toutes parts. Les ruisseaux en crue noyaient la vallée ; les plantes et les arbrisseaux pourrissaient sur pied. D'humeur sombre, le regard voilé de nuages, Avel ne desserrait pas les dents. Il quittait la chaumière aux premières lueurs de l'aube et ne rentrait qu'au crépuscule, dégoulinant de sueur et de pluie mêlées.

Ce matin-là, alors qu'il s'apprêtait à sortir, une giboulée a éclaté, s'est abattue avec fracas. Les grêlons, aussi gros que des mirabelles, ont fouetté le toit, giflé les vitres, griffé les murs. Nous nous sommes figés. J'ai observé mon petit frère. Il avait ce corps élancé des adolescents qui ont grandi sans prendre de masse. Les poings serrés, la mâchoire crispée, il se tenait immobile devant la porte. Mammig lui a crié : Attends. Elle a rassemblé ses vêtements, les a fourrés dans un sac de toile, a préparé un baluchon de victuailles. Elle a tendu ces bagages à son fils et lui a dit : Va. Tu es libre comme l'air qu'on ne peut attraper ou contenir.

Elle a serré son enfant qui serait bientôt homme contre elle, a attrapé sa tête pour y déposer un baiser, a ouvert la porte en grand.

L'averse de grêle avait recouvert le paysage d'une peau de glace blanche. Nous avons regardé Avel traverser la cour, marcher sur la croûte de grêlons qui crissait sous ses pas. Le ciel s'est éclairci et le soleil revenu a fait scintiller puis fondre les glaçons.

Quand je suis sortie, peu après, dans la forêt, j'ai découvert le corps du meneur qui gisait dans une grande flaque d'eau, le visage tuméfié. J'ai pensé que la giboulée l'avait rossé comme il le méritait et j'ai laissé son cadavre aux charognes.

Avec Mammig, nous sommes allées porter la nouvelle au village. L'oiseau nous accompagnait. Les nourrices se sont réunies sous le grand chêne. Elles ont discuté longuement. Certaines voulaient que le trafic cesse immédiatement, d'autres disaient qu'elles avaient besoin de cet argent. Elles ont finalement convenu de laisser le choix à chacune et de s'organiser pour que le commerce reste entre leurs mains. La femme de l'aubergiste a proposé de tenir les registres. La Bienvenu de devenir meneuse. Les hommes se sont d'abord moqués puis ont menacé, mais ils ont compris que les femmes ne céderaient pas. Qu'elles refuseraient de nourrir un nourrisson si l'argent transitait par leurs mains. Ils ont fini par se résigner. La Bienvenu est partie le lendemain en emmenant avec elle une nourrice chargée d'allaiter les petits

Trouvés pendant le trajet. À leur retour, les trois bébés étaient vivants.

Je continue à mener les activités que nous partagions avant ta mort. Je ne me sens pas seule. Avel me parle dans les murmures du vent. Je te vois dans chaque fleur, chaque feuille, chaque herbe. Compagne invisible, tu me suis dans mes cueillettes, m'observes choisir les plantes avec soin. Tu m'assistes dans mes préparations, guides ma main pour peser, piler, faire infuser, macérer.

Les hommes du village m'appellent la sorcière, peut-être parce que mes cheveux ont pris une teinte rouille avec les années. Cela me va. Ils me craignent un peu et n'osent pas m'approcher. Les femmes, elles, viennent en grand nombre, parfois de loin. Je les aide autant que je peux et leur enseigne ce que tu m'as appris. Je leur explique les bienfaits des plantes et comment les utiliser.

Cette femme avait un visage étoilé de taches de rousseur. Elle est arrivée en milieu de journée. J'ai tout de suite su ce qui l'amenait. On peut cacher tout ce qu'on veut – ventre, seins, fesses – sous des fichus et des tabliers, mais la démarche, pieds légèrement écartés et dos creusé, ne trompe pas. Elle était presque à terme. Ça se lisait dans ses yeux qui regardaient déjà vers l'ailleurs.

J'ai pensé à Zaïg. Elle devait être dans le même état d'égarement. Je l'ai accueillie comme tu l'avais fait. Sans poser de questions.

Elle m'a demandé de l'aider. On savait, elle comme moi, qu'il était beaucoup trop tard pour tenter quoi que ce soit. Elle m'a tendu très vite une pièce en disant : Je peux pas faire plus. C'est tout ce que j'ai. J'ai pris l'argent, ai sorti un cahier et lui ai expliqué le prix à payer.

La naissance, rapide, fulgurante, a eu lieu la troisième nuit, alors que la terre masquait presque entièrement la lune de son ombre. Elle n'a pas voulu regarder l'enfant ni le toucher. J'ai lavé la tout-juste-née en récitant les paroles, l'ai emmaillotée, ai pris le cahier et suis sortie présenter le bébé à la lune, cerceau d'argent éblouissant. Je l'ai déposé au milieu de la clairière et me suis dissimulée derrière un arbre. J'ai attendu longtemps. Nulle n'est venue. La nouvelle-née s'agitait, réclamait lait, chaleur et présence, criait de toutes ses forces.

Je me suis approchée d'elle et me suis allongée à son côté. J'ai dégrafé mon corsage et l'ai posée sur mon ventre. Elle a rampé vers mon sein. J'ai senti un flux impétueux monter dans mon corps. Le lait a jailli. Elle m'a tétée longuement avant de s'endormir. Je suis rentrée avec l'enfant et le livre. La femme était déjà partie.

Je l'ai appelée Soizic. Elle dort dans son berceau tandis que je t'écris.

À présent, le sens de ma promesse me paraît clair. Car je sais que si elle lira un jour les mots du cahier, vierges, inviolés, qui lui sont exclusivement destinés, elle lira aussi ceux que je t'adresse. Leurs fils s'enchevêtreront et le motif ainsi tissé, dentelle à deux mains, lui racontera son histoire, qui fut mienne, qui fut tienne.

La loi française interdit la rémunération pour le don de lait humain. Celui-ci peut être vendu par des lactariums, sur prescription médicale, à des nourrissons hospitalisés, le plus souvent prématurés. Son coût, entièrement remboursé par la Sécurité sociale, est de 80 euros le litre.

Les boîtes à bébés existent dans une dizaine de pays européens, dont l'Allemagne, la Suisse, la Belgique, et plus récemment la Croatie. En France, l'accouchement sous X permet à une femme d'enfanter anonymement et de confier son nouveau-né aux services de l'État.

pcq cmb

édition pré-presse
livres numériques

44400 Rezé

Imprimé sur du papier issu de forêts
gérées durablement

CET OUVRAGE
A ÉTÉ ACHEVÉ D'IMPRIMER
SUR ROTO-PAGE
PAR L'IMPRIMERIE FLOCH
À MAYENNE EN OCTOBRE 2025

Dépôt légal : août 2025
N° d'édition : 69392/04 – N° d'impression : 107904

Imprimé en France